Gulliver chez les géants

Jonathan Swift

Gulliver chez les géants

Illustrations de Grandville

Les classiques abrégés de
l'école des loisirs
11, rue de Sèvres, Paris 6e

Jonathan Swift, né en 1667, mourut en 1745. Ayant étudié la théologie, il devint pasteur, mais préféra se consacrer à la politique, où il joua un grand rôle par ses satires et ses pamphlets, notamment en faveur de l'Irlande, son pays. Il avait la passion de dénoncer l'injustice, l'hypocrisie, la malhonnêteté, et il sut le faire avec un humour et un génie, qui ont donné une valeur universelle à ses *Voyages de Gulliver* (1726), son œuvre la plus célèbre, mais aussi à des textes dont on redécouvre la vivacité, comme la *Modeste Proposition pour empêcher les enfants des pauvres en Irlande d'être à la charge de leurs parents et de leur pays* (1729) et les *Instructions aux domestiques* (1745).

Jean Gérard, dit **Grandville** (1803-1847) est né à Nancy. Dessinateur et caricaturiste, il excelle dans un «fantastique» où objets et animaux se transforment en êtres humains. Il a illustré de nombreux livres dont *Robinson Crusoé, Les Voyages de Gulliver* et *Les Fables* de La Fontaine.

Version abrégée par Bernard Noël

Maquette et composition : Sereg, Paris
Loi n° 49.956 du 16.07.49 sur les publications destinées à la jeunesse : Septembre 1982
Dépôt légal : Septembre 1982
Imprimé en France par Hérissey à Evreux

SECONDE
PARTIE
VOYAGE
A
BROBDINGNAG

CHAPITRE PREMIER

L'auteur, après avoir essuyé une violente tempête,
se jette dans une chaloupe pour descendre à terre ; il est saisi
par un des habitants du pays.
Comment il en est traité.
Idée générale du pays et du peuple.

AYANT été condamné par la nature et par la fortune à une vie agitée, j'abandonnai encore mon pays natal, et je m'embarquai dans les Dunes, le 20 juin 1702, sur un vaisseau nommé l'Aventure, dont le capitaine, Jean Nicolas, de la province de Cornouailles, partait pour Surate. Nous eûmes le vent très favorable jusqu'à la hauteur du cap de Bonne-Espérance, où nous mouillâmes pour faire de l'eau. Notre capitaine se trouvant alors incommodé d'une fièvre intermittente, nous ne pûmes quitter le cap qu'à la fin du mois de mars.

Alors nous remîmes à la voile, et notre voyage fut heureux jusqu'au détroit de Madagascar ; mais étant arrivés au nord de cette île, les vents, qui, dans ces mers, soufflent toujours également entre le nord et l'ouest, depuis le commencement de décembre jusqu'aux premiers jours de mai, se mirent le 29 avril à souffler très violemment du côté de l'ouest, ce qui dura vingt jours

de suite, pendant lesquels nous fûmes poussés un peu à l'orient des îles Moluques, et environ à trois degrés au nord de la ligne équinoxiale, suivant les observations du 2 mai, époque à laquelle le vent cessa ; mais notre capitaine, homme très expérimenté dans la navigation de ces mers, nous ordonna de nous préparer pour le lendemain à une terrible tempête, ce qui ne manqua pas d'arriver ; car le vent du sud, appelé mousson, commença à s'élever.

Appréhendant que le vent ne devînt trop fort, nous serrâmes la voile de beaupré ; mais l'orage augmentant toujours, nous fîmes attacher les canons et serrâmes la misaine. Le vaisseau était au large, et ainsi nous crûmes que le meilleur parti à prendre était d'aller vent arrière. Nous mîmes hors la grande voile ; mais elle fut déchirée par la violence du temps. Ensuite nous amenâmes la grande vergue pour la dégréer, et coupâmes tous les cordages et le robinet qui la tenaient.

Pendant cet orage, qui fut suivi d'un vent impétueux d'ouest-sud-ouest, nous fûmes poussés, selon mon calcul, environ cinq cents lieues vers l'orient ; en sorte que le plus vieux et le plus expérimenté des mariniers ne sut nous dire en quelle partie du monde nous étions. Cependant les vivres ne nous manquaient pas, notre vaisseau

ne faisait point eau, et notre équipage était en bonne santé ; mais nous étions réduits à une très grande disette d'eau. Nous jugeâmes plus à propos de continuer la même route que de tourner au nord, ce qui nous aurait peut-être portés vers les côtes nord-ouest de la Grande-Tartarie, et dans la mer Glaciale.

Le 16 juin 1703, un mousse découvrit terre du haut du perroquet.

Le 17, nous vîmes clairement une grande île ou un continent (car nous ne sûmes pas lequel des deux), sur le côté droit duquel il y avait une petite langue de terre qui s'avançait dans la mer, et une petite baie trop basse pour qu'un vaisseau de cent tonneaux pût y entrer. Nous jetâmes l'ancre à une lieue de cette petite baie : notre capitaine envoya douze hommes de son équipage bien armés dans la chaloupe, avec des vases pour l'eau, si l'on en pouvait trouver. Je lui demandai la permission d'aller avec eux pour voir le pays et faire toutes les découvertes que je pourrais. Quand nous fûmes à terre, nous ne vîmes ni ruisseau, ni source, ni aucun vestige d'habitants, ce qui obligea nos gens à côtoyer le rivage pour chercher de l'eau fraîche près de la mer. Pour moi, je me promenai seul, et j'avançai environ un mille dans les terres, où je ne remarquai qu'un pays stérile et plein de rochers. Je commençais à me lasser ; et, ne voyant rien qui pût satisfaire ma curiosité, je m'en retournais doucement vers la petite baie, lorsque je vis nos hommes sur la chaloupe, qui semblaient tâcher, à force de rames, de sauver leur vie, et je remarquai en même temps qu'ils étaient poursuivis par un homme d'une grandeur prodigieuse. La mer, dans laquelle il marchait, ne montait pas plus haut que ses genoux, et il faisait des enjambées extraordinaires ; mais nos gens avaient une demi-lieue d'avance, et, la mer étant dans cet endroit pleine de

rochers, le grand homme ne put atteindre la chaloupe. Ces détails me furent contés plus tard, car dans le moment je ne songeai qu'à fuir aussi vite que je pus, et je grimpai jusqu'au sommet d'une montagne escarpée, d'où je découvris une partie du pays. Je le trouvai parfaitement cultivé ; mais ce qui me surprit d'abord fut la grandeur de l'herbe, qui me parut avoir plus de vingt pieds de hauteur.

Je pris un grand chemin, qui me sembla tel, quoiqu'il ne fût pour les habitants qu'un petit sentier qui traversait un champ d'orge. Là, je marchai pendant quelque temps ; mais je ne pouvais presque rien voir, le temps de la moisson étant proche et les blés étant hauts de quarante pieds au moins. Je cheminai pendant une heure avant de pouvoir arriver à l'extrémité de ce champ, qui était enclos d'une haie haute au moins de cent vingt pieds: pour les arbres, ils étaient si grands, qu'il me fut impossible d'en apprécier l'élévation. Une borne séparait ce champ d'un autre enclos. Quatre marches con-

duisaient à une longue pierre, sur laquelle on passait d'un côté à l'autre; mais je n'aurais pu franchir ce passage, les degrés ayant six pieds de haut, et la pierre qui les couronnait plus de vingt pieds.

Je tâchai de découvrir un passage à la haie, quand j'aperçus dans le champ voisin un habitant de la même taille que celui que j'avais vu dans la mer poursuivant notre chaloupe. Il me parut aussi haut qu'un clocher ordinaire, et il faisait environ cinq toises par enjambée, autant que je pus en juger. Je fus frappé d'une frayeur extrême, et je courus me cacher dans le blé, d'où je le vis arriver à une ouverture de la haie, jetant les yeux çà et là, et appelant d'une voix plus grosse et plus retentissante que si elle fût sortie d'un porte-voix: le son était si fort et partait de si haut, que je crus entendre le tonnerre. Aussitôt sept hommes de sa taille s'avancèrent vers lui, tenant chacun une faucille de la grandeur de six faux. Ces gens n'étaient pas aussi bien habillés que le premier, dont ils semblaient être les domestiques. D'après les ordres qu'il leur donna, ils allèrent couper le blé dans le champ où j'étais couché. Je m'éloignai d'eux autant que je pus; mais je ne me déplaçais qu'avec une difficulté extrême, car les tuyaux du blé n'étaient guère qu'à un pied l'un de l'autre, en sorte que je me glissais très péniblement dans cette espèce de forêt. Je m'avançai cependant jusqu'à un endroit du champ où la pluie et le vent avaient couché le blé: il me fut alors tout à fait impossible d'aller plus loin; car les tuyaux étaient tellement entrelacés, qu'il n'y avait pas moyen de ramper au travers, et les barbes des épis tombés étaient si fortes et si pointues, qu'elles perçaient mon habit et m'entraient dans la chair. Cependant j'entendais les moissonneurs qui n'étaient qu'à cinquante toises de moi. Epuisé, réduit au désespoir, je me couchai entre deux sillons, et je souhaitai d'y finir mes jours, déplorant la folie qui m'avait fait entreprendre ce second voyage contre l'avis de tous mes amis et de tous mes parents.

Dans cette terrible agitation, je ne pouvais m'empêcher de songer au pays de Lilliput, où j'avais été regardé comme le plus grand prodige qui eût jamais paru dans le monde, où j'avais été capable d'entraîner toute une flotte d'une seule main, et de faire d'autres actions merveilleuses dont la mémoire sera éternellement conservée dans les chroniques de cet empire, et que la postérité croira avec peine, quoique attestées par toute une nation.

Les savants ont bien raison de dire qu'il n'y a rien de grand ou de petit que par comparaison. Peut-être les Lilliputiens trouveront-ils quelque nation plus petite à leur égard qu'ils ne me le parurent; et qui sait si cette race gigantesque ne serait pas une nation lilliputienne par rapport à celle de quelque pays que nous n'avons pas encore découvert?

Au milieu de mes frayeurs et de mon étonnement, je ne pouvais me défendre de ces réflexions philosophiques, lorsqu'un des moissonneurs, s'approchant à cinq toises du sillon où j'étais couché, me fit craindre que, pour peu qu'il marchât encore, je ne fusse écrasé sous son pied, ou coupé en deux par sa faucille: c'est pourquoi, le voyant avancer, je me mis à crier aussi fort que la frayeur dont j'étais saisi put me le permettre. Aussitôt le géant s'arrêta; et, regardant avec attention autour de lui et à ses pieds, il m'aperçut enfin. Il me considéra quelque temps avec la circonspection d'un homme qui tâche d'attraper un petit animal dangereux de manière à n'être ni égratigné ni mordu, comme j'avais fait moi-même quelquefois avec une belette en Angleterre. Enfin

il eut la hardiesse de me prendre par le milieu du corps entre son index et son pouce, et de me soulever à une toise et demie de ses yeux, afin d'observer ma figure plus exactement. Je devinai son intention, et je résolus de ne faire aucune résistance, tandis qu'il me tenait en l'air à plus de soixante pieds de terre, quoiqu'il me serrât horriblement les côtes, par la crainte qu'il avait que je ne glissasse entre ses doigts. Tout ce que j'osai faire fut de lever les yeux vers le ciel, de joindre les mains dans la posture d'un suppliant, et de dire quelques mots d'un accent humble et triste, conforme à l'état où je me trouvais alors, car je craignais à chaque instant qu'il ne voulût m'écraser, comme nous écrasons d'ordinaire les petits animaux qui nous déplaisent; mais ma bonne étoile voulut qu'il fût touché de ma voix et de mes gestes, et il commença à me regarder comme quelque chose de curieux, étant bien surpris de m'entendre articuler des mots, quoiqu'il ne les comprît pas.

Cependant je ne pouvais m'empêcher de gémir et de verser des larmes; et, en tournant la tête, je lui donnais à entendre, autant que je pouvais, combien il me faisait de mal avec son pouce et son doigt. Il me sembla qu'il comprenait la douleur que je ressentais; car, levant un pan de son justaucorps, il me mit doucement dedans, et aussitôt il courut vers son maître, qui était un riche laboureur, et le même que j'avais vu d'abord dans le champ.

Le laboureur prit un petit brin de paille à peu près de la grosseur d'une canne, et avec ce brin il leva les pans de mon justaucorps, qu'il me parut prendre pour une espèce de couverture que la nature m'avait donnée: il souffla mes cheveux pour mieux voir mon visage; il appela ses valets, et leur demanda, autant que je pus en juger, s'ils avaient jamais vu dans les champs aucun animal qui me ressemblât. Ensuite il me plaça douce-

ment à terre et à quatre pattes; mais je me levai aussitôt et marchai gravement, allant et venant, pour faire voir que je n'avais pas envie de m'enfuir. Ils s'assirent tous en rond autour de moi pour mieux observer mes mouvements. J'ôtai mon chapeau, et fis une révérence très humble au paysan; je me jetai à ses genoux, et je prononçai plusieurs mots aussi fortement que je pus; ensuite je tirai une bourse pleine d'or de ma poche, et la lui présentai respectueusement. Il la reçut dans la paume de sa main, et la porta près de son œil pour voir ce que c'était; puis il la tourna plusieurs fois avec la pointe d'une épingle, qu'il tira de sa manche; mais il n'y comprit rien.

Voyant cela, je lui fis signe de poser sa main à terre; et, prenant la bourse, je l'ouvris et répandis toutes les pièces d'or dans le creux de sa main. Il y avait six pièces espagnoles de quatre pistoles chacune, sans compter vingt à trente pièces plus petites. Je le vis mouiller son petit doigt sur sa langue, et lever une de mes pièces les plus grosses, et ensuite une autre; mais il me sembla tout à fait ignorer ce que c'était: il me fit signe de les remettre dans ma bourse, et la bourse dans ma poche, ce que je fis après avoir renouvelé mon offre à plusieurs reprises, et vu qu'il n'y avait rien de mieux à faire.

Le laboureur fut alors persuadé qu'il fallait que je fusse une petite créature raisonnable. Il me parla plusieurs fois; mais le son de sa voix m'étourdissait comme celui d'un moulin à eau: cependant ses mots étaient bien articulés. Je répondis aussi fortement que je pus en plusieurs langues, et souvent il prêta l'oreille à une toise de moi, mais inutilement. Alors il renvoya ses gens à leur travail; et, tirant son mouchoir de sa poche, il le plia en deux et l'étendit sur sa main gauche, qu'il avait mise à terre, me faisant signe d'entrer dedans; ce que je pus faire aisément, car elle n'avait pas plus d'un pied d'épaisseur. Je crus devoir obéir; et, de peur de tomber, je me couchai tout de mon long sur le mouchoir, dont il m'enveloppa; de cette façon, il m'emporta chez lui. Là, il appela sa femme et me montra à elle; mais elle jeta des cris effroyables et recula comme font les femmes en

Angleterre à la vue d'un crapaud ou d'une araignée. Cependant, lorsqu'au bout de quelque temps elle eut vu toutes mes manières, et mon obéissance aux signes que

faisait son mari, elle s'habitua promptement à ma vue, et elle en vint par degrés à m'aimer tendrement.

Il était environ midi, et un domestique servit à dîner. Ce repas, conforme à la vie simple d'un laboureur, consistait en viande grossière, servie dans un plat d'environ vingt-quatre pieds de diamètre. Le laboureur, sa femme, trois enfants et une vieille grand-mère, composaient la compagnie. Lorsqu'ils furent assis, le fermier me plaça à quelque distance de lui sur la table, qui était à peu près haute de trente pieds; je me tins aussi loin que je pus du bord, de crainte de tomber. La femme coupa un morceau de viande, ensuite elle émietta du pain sur une assiette de bois qu'elle plaça devant moi. Je lui fis

une révérence profonde ; et, tirant mon couteau et ma fourchette, je me mis à manger, au grand étonnement de la société.

La maîtresse envoya sa servante chercher une petite tasse qui servait à boire des liqueurs, et qui contenait environ douze pintes, et la remplit de boisson. Je levai le vase avec une grande difficulté ; et, d'une manière très respectueuse, je bus à la santé de madame, prononçant les mots aussi fortement que je pouvais en anglais ; ce qui fit faire à la compagnie de si grands éclats de rire, que peu s'en fallut que je n'en devinsse sourd.

Cette boisson avait à peu près le goût du petit cidre, et n'était pas désagréable. Le maître me fit signe de venir à côté de son assiette de bois ; mais, en marchant trop vite sur la table, une petite croûte de pain me fit broncher et tomber sur le visage, sans pourtant me blesser. Je me levai aussitôt; et, remarquant que ces bonnes gens étaient fort touchés de mon accident, je pris mon chapeau, et, le faisant tourner sur ma tête, je fis trois acclamations pour marquer que je n'avais point reçu de mal; mais comme je m'avançais vers mon maître (c'est le nom que je lui donnerai désormais), le dernier de ses fils, qui était assis le plus près de lui, et paraissait avoir environ dix ans et être très malin, me prit par les jambes, et me tint si haut dans l'air, que je tremblai de tout mon corps. Son père m'arracha de ses mains, et en même temps lui donna sur l'oreille gauche un soufflet qui aurait suffi à renverser un escadron de cavalerie européenne, et lui ordonna de se lever de table; mais, ayant à craindre que le garçon ne gardât quelque ressentiment contre moi, et me souvenant que tous les enfants chez nous sont naturellement méchants à l'égard des oiseaux, des lapins, des petits chats et des petits chiens, je me mis à genoux; et montrant le petit garçon, je me fis entendre à mon maître autant que je pus, et le priai de pardonner à son fils. Le père y consentit, et l'enfant reprit sa chaise; alors je m'avançai jusqu'à lui, et lui baisai la main.

Au milieu du dîner, le chat favori de ma maîtresse sauta sur elle. J'entendis derrière moi un bruit ressemblant à celui de douze métiers à bas; et, tournant la tête, je vis que c'était un chat qui faisait ce qu'on appelle le rouet. Il me parut trois fois plus gros qu'un bœuf, à en juger par sa tête et une de ses pattes, que j'aperçus pendant que sa maîtresse lui donnait à manger et lui faisait des caresses. La physionomie féroce de cet animal me déconcerta tout à fait, quoique je me tinsse au bout le plus éloigné de la table, à la distance de cinquante

pieds, et quoique ma maîtresse tînt le chat de peur qu'il ne s'élançât sur moi; mais il n'y avait point de danger; car mon maître me plaça à trois pieds du matou, et

celui-ci ne fit pas la moindre attention à moi. D'ailleurs, je savais que lorsqu'on fuit devant un animal féroce, ou qu'on paraît avoir peur, on est infailliblement poursuivi; je résolus donc de faire bonne contenance devant le chat, et de ne point paraître craindre ses griffes. Je marchai hardiment devant lui, et je m'avançai jusqu'à dix-huit pouces, ce qui le fit reculer comme s'il eût eu lui-même peur de moi. J'eus moins d'appréhension des chiens. Trois ou quatre entrèrent dans la salle, parmi lesquels il y avait un mâtin d'une grosseur égale à celle de quatre éléphants, et un lévrier plus haut que le mâtin, mais moins gros.

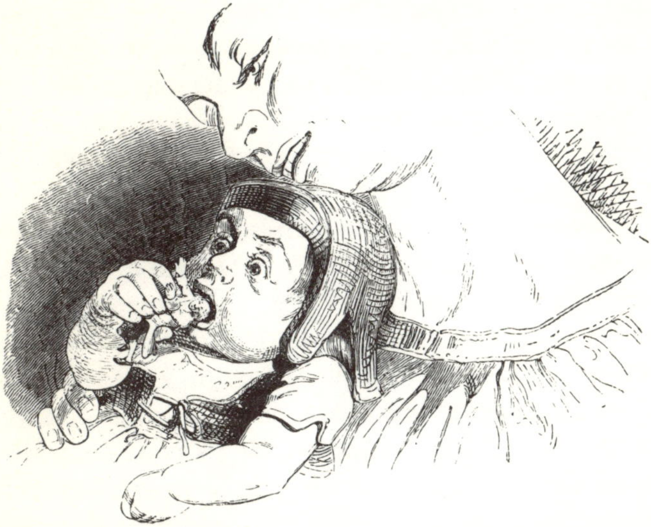

Sur la fin du dîner, la nourrice entra, portant dans ses bras un enfant de l'âge d'un an, qui, aussitôt qu'il m'aperçut, poussa des cris. L'enfant, me regardant comme une poupée, criait afin de m'avoir pour lui servir de jouet. La mère, par pure faiblesse, me mit à la portée de l'enfant, qui se saisit bientôt de moi, et mit ma tête dans sa bouche, où je commençai à hurler si horriblement, que l'enfant effrayé me laissa tomber; et je me serais infailliblement cassé la tête, si la mère n'avait pas tenu son tablier sous moi. La nourrice, pour apaiser son poupon, se servit d'un hochet, sorte de vaisseau creux rempli de grosses pierres, et attaché par un câble au milieu du corps de l'enfant; mais cela ne put le calmer, et elle se trouva réduite à se servir du dernier remède, qui fut de lui donner à téter.

Après le dîner, mon maître alla retrouver ses ouvriers; et, à ce que je pus comprendre par sa voix et par ses gestes, il chargea sa femme de prendre un grand soin de moi. J'étais bien las, et j'avais une grande envie de dormir; ma maîtresse, s'en apercevant, me mit dans son lit et me couvrit avec un mouchoir blanc, plus large que la grande voile d'un vaisseau de guerre.

Je dormis pendant deux heures, et songeai que j'étais chez moi avec ma femme et mes enfants; ce qui augmenta mon affliction quand je m'éveillai, et me trouvai tout seul dans une chambre de deux à trois cents pieds de large, et de plus de deux cents de haut, et couché dans un lit large de dix toises. Ma maîtresse était sortie pour les affaires de la maison, et m'avait enfermé au verrou. Le lit était élevé de quatre toises: cependant quelques nécessités naturelles me pressaient de descendre, et je n'osais appeler; quand je l'eusse essayé, c'eût été inutilement, avec une voix comme la mienne, et aussi éloigné que je l'étais de la cuisine, où la famille se tenait. Sur ces entrefaites, deux rats grimpèrent le long des rideaux, et se mirent à courir sur le lit: l'un approcha de mon visage; sur quoi je me levai tout effrayé et mis le sabre à la main pour me défendre. Ces horribles animaux eurent l'insolence de m'attaquer des deux côtés; mais je fendis le ventre à l'un, et l'autre s'enfuit. Après cet exploit, je me promenai à petits pas sur le lit pour reprendre mes esprits. Ces animaux étaient de la

grosseur d'un mâtin, mais infiniment plus agiles et plus féroces; en sorte que si j'eusse quitté mon sabre avant de me coucher, j'aurais été infailliblement dévoré par eux.

Je mesurai la queue du rat mort, et j'estimai qu'elle avait quatre pieds environ; mais je n'eus pas le courage de traîner son cadavre hors du lit; et comme j'y remarquai certains signes de vie, je l'achevai en lui appliquant un grand coup sur la gorge.

Bientôt après, ma maîtresse entra dans la chambre; me voyant tout couvert de sang, elle accourut et me prit dans sa main. Je lui montrai le rat mort, en souriant et en faisant d'autres signes, pour lui faire connaître que je n'étais pas blessé, ce qui lui donna de la joie. Je tâchai de lui faire comprendre mon désir d'être mis à terre, ce qu'elle fit; mais ma modestie ne me permit pas de m'expliquer autrement qu'en montrant du doigt la porte, et en faisant plusieurs révérences. La bonne femme m'entendit, non sans quelque difficulté, et, me reprenant dans sa main, alla dans le jardin, où elle me mit à terre.

Je m'éloignai à cent toises environ; et lui faisant signe de ne pas regarder, je me cachai entre deux feuilles d'oseille, et y fis ce que vous pouvez deviner.

J'espère que le lecteur m'excusera si je m'arrête sur de tels détails, qui, bien que puérils ou grossiers pour des yeux vulgaires, sont cependant propres à faire naître dans l'esprit des philosophes des idées applicables au bien public ou particulier, seul but de la publication de mes ouvrages. Je me suis surtout attaché, dans cette vue, à une exacte vérité, sans aucun ornement de science ou de langage. Tout ce qui m'est arrivé dans ce voyage a fait une si forte impression sur moi, ma mémoire l'a si fidèlement conservé, que je n'ai omis aucune circonstance importante.

CHAPITRE II

Portrait de la fille du laboureur.
L'auteur est conduit à une ville où il y avait un marché,
et ensuite à la capitale. Détail de son voyage.

MA maîtresse avait une fille de neuf ans, très intelligente pour son âge, et déjà très adroite pour les ouvrages à l'aiguille. Sa mère, de concert avec elle, s'avisa d'accommoder pour moi le berceau de sa poupée avant qu'il fît nuit. Le berceau fut mis dans un petit tiroir de cabinet, et le tiroir posé sur une tablette suspendue, de peur des rats : ce fut là mon lit pendant tout le temps que je demeurai avec ces bonnes gens.

Cette jeune fille, après que je me fus déshabillé une ou deux fois en sa présence, sut m'habiller et me déshabiller, quoique je ne lui donnasse cette peine que pour lui obéir. Elle me fit six chemises, et d'autres sortes de linge, de la toile la plus fine qu'on put trouver (qui était plus grossière que des toiles de navire), et les blanchit toujours elle-même. Elle était encore ma maîtresse

d'école. Quand je montrais quelque chose du doigt, elle m'en disait le nom aussitôt ; en sorte qu'en peu de temps je fus en état de demander ce que je souhaitais. C'était réellement une excellente fille ; elle me donna le nom de *Grildrig,* que les Latins expriment par *homunculus,* les Italiens par *uomicciuolo,* et les Anglais par *mannikin.* C'est à elle que je fus redevable de ma conservation. Nous étions toujours ensemble ; je l'appelais *Glumdalclitch,* ou la petite bonne, et je serais coupable d'une très noire ingratitude si j'oubliais jamais ses soins et son affection pour moi.

Il se répandit alors dans tout le pays que mon maître avait trouvé dans les champs un petit animal de la grosseur d'un *splack-nock* (animal de ce pays, long d'environ six pieds), mais ayant exactement la figure d'un homme, l'imitant dans toutes ses actions, et parlant une petite espèce de langue qui lui était propre ; qu'il avait déjà appris plusieurs de leurs mots ; qu'il marchait droit sur les deux pieds, était doux et traitable, venait quand il était appelé, faisait tout ce qu'on lui ordonnait de faire, avait les membres délicats et le teint plus blanc et plus fin que celui d'une demoiselle de trois ans.

Un laboureur, voisin et intime de mon maître, lui rendit visite exprès pour s'assurer de la vérité du bruit qui s'était répandu. On me fit venir aussitôt ; on me mit sur la table, où je marchai comme on me l'ordonna. Je tirai mon sabre, et le remis dans son fourreau; je fis la révérence à l'ami de mon maître; je lui demandai dans sa propre langue comment il se portait, et lui dis qu'il était le bienvenu, le tout suivant les instructions de ma petite maîtresse. Cet homme, à qui le grand âge avait fort affaibli la vue, mit ses lunettes pour me regarder mieux; sur quoi je ne pus m'empêcher d'éclater de rire, les deux verres produisant l'effet de deux lunes dans leur plein. Les gens de la famille qui découvrirent la cause de ma gaieté se prirent aussi à rire, ce dont le vieux fut assez nigaud pour se fâcher. Il avait l'air d'un avare, et il le fit bien paraître par le conseil détestable qu'il donna à mon maître de me faire voir pour de l'argent, un jour de marché, dans la ville voisine, qui était éloignée de notre maison d'environ vingt-deux milles.

Le lendemain matin, Glumdalclitch, ma petite bonne, me raconta toute l'affaire, qu'elle avait apprise de sa mère. La pauvre fille me mit dans son sein, et versa beaucoup de larmes: elle appréhendait qu'il ne m'arrivât du mal, que je ne fusse froissé, estropié et peut-être écrasé par des hommes grossiers et brutaux qui me manieraient rudement. Comme elle avait remarqué que j'étais modeste de mon naturel, et très délicat dans tout ce qui regardait mon honneur, elle gémissait de me voir exposé pour de l'argent à la curiosité du plus bas peuple; elle disait que son papa et sa maman lui avaient promis que Grildrig serait tout à elle; mais qu'elle voyait bien qu'on voulait la tromper comme on avait fait l'année précédente, quand on feignit de lui donner un agneau qui, une fois engraissé, fut vendu à un boucher. Pour moi, je puis dire en vérité que j'eus moins de chagrin que ma petite maîtresse. J'avais conçu de grandes espérances, qui ne m'abandonnèrent jamais, que je recouvrerais un jour ma liberté; et, quant à l'ignominie d'être colporté çà et là comme un monstre, je songeai qu'une telle disgrâce ne me pourrait jamais être reprochée, et ne flétrirait point mon honneur lorsque je serais de retour en Angleterre, parce que le roi même de la Grande-Bretagne, s'il se trouvait en pareille situation, aurait un pareil sort.

Mon maître, suivant l'avis de son ami, me mit dans une caisse, et, le jour de marché suivant, me mena à la ville voisine avec sa fille. La caisse était fermée de tous côtés, et percée seulement de quelques trous pour laisser entrer l'air. La jeune fille avait eu soin de mettre sous moi le matelas du lit de sa poupée: cependant je fus rudement secoué dans ce voyage, quoiqu'il ne durât pas plus d'une demi-heure. Le cheval faisait des enjambées d'environ quarante pieds, et trottait si haut, que je me sentais agité comme si j'eusse été dans un vaisseau pendant une tempête furieuse. Mon maître descendit de cheval à une auberge où il avait coutume d'aller; et, après avoir tenu conseil avec l'hôte, et fait quelques préparatifs nécessaires, il loua le *glultrud,* ou crieur public, pour annoncer à toute la ville qu'on ferait voir à l'enseigne de l'Aigle-Vert un petit animal étranger moins gros qu'un *splack-nock,* et qui ressemblait, dans toutes les parties de son corps, à une créature humaine, prononçait plusieurs mots, et faisait une infinité de tours d'adresse.

Je fus posé sur une table dans la salle la plus grande de l'auberge, qui avait près de trois cents pieds en carré.

Ma petite maîtresse se tenait debout sur un tabouret bien près de la table, pour prendre soin de moi et m'indiquer ce qu'il fallait faire. Mon maître, afin d'éviter la

foule et le désordre, ne voulut pas permettre que plus de trente personnes entrassent à la fois pour me voir. Je marchai çà et là sur la table, suivant les ordres de la jeune fille: elle me fit plusieurs questions qu'elle savait être à ma portée, et en rapport avec la connaissance que j'avais de la langue; je répondis le mieux et le plus haut que je pus. Je me retournai plusieurs fois vers toute la compagnie, et fis mille révérences. Je pris un dé plein de vin, que Glumdalclitch m'avait donné pour me servir de gobelet, et je bus à la santé des spectateurs. Je tirai mon sabre, et fis le moulinet à la façon des maîtres d'armes en Angleterre. Ma bonne me donna un brin de paille, avec lequel je fis l'exercice comme avec une pique, ayant appris cela dans ma jeunesse. Je fus montré ce jour-là douze fois, et fus obligé de répéter toujours les mêmes choses; en sorte que j'étais presque mort de lassitude, d'ennui et de chagrin.

Un petit écolier malin me jeta une noisette, et peu s'en fallut qu'il ne m'attrapât à la tête: elle fut lancée avec tant de force, que, s'il n'eût pas manqué son coup, elle m'aurait infailliblement brisé le crâne, car elle était presque aussi grosse qu'un melon; mais j'eus la satisfaction de voir le méchant espiègle chassé de la salle.

Ceux qui m'avaient vu firent de tous côtés des récits si merveilleux sur le rapport de ma taille avec la leur, sur mes exercices prodigieux, que le peuple voulait ensuite enfoncer les portes pour entrer. Mon maître, ayant en vue son propre intérêt, ne voulut permettre à personne de me toucher, excepté à ma petite maîtresse, et, pour me garantir de tout accident, on avait rangé des bancs autour de la table à la distance convenable pour que je ne fusse à portée d'aucun spectateur.

Mon maître publia qu'il me montrerait encore le jour de marché suivant. Cependant il me fit faire une voiture plus commode, parce que j'avais été si fatigué de mon premier voyage et du spectacle que j'avais donné pendant huit heures de suite, que je ne pouvais plus me tenir debout, et que j'avais presque perdu la voix.

Pour m'achever, lorsque je fus de retour, tous les gentilshommes du voisinage, ayant entendu parler de moi, vinrent chez mon maître. Il y en avait un jour plus de trente, avec leurs femmes et leurs enfants; car ce pays est aussi peuplé que l'Angleterre. Et mon maître demandait toujours le prix d'une chambrée complète, même pour une seule famille, lorsqu'il me montrait à la maison. Ainsi je n'avais guère de repos que le mercredi (qui est leur jour de sabbat), quoique je ne fusse point porté à la ville.

Supputant le profit que je pouvais lui rapporter, mon maître résolut de me faire voir dans les villes les plus considérables. S'étant donc pourvu de toutes les choses nécessaires à un long voyage, ayant réglé ses affaires domestiques et dit adieu à sa femme, le 17 août 1703, c'est-à-dire environ deux mois après mon arrivée, nous partîmes pour nous rendre à la capitale, située vers le milieu de cet empire, à près de quinze cents lieues de notre demeure. Mon maître fit monter sa fille en croupe derrière lui, et elle me porta dans une boîte doublée du drap le plus fin qu'elle eût pu trouver et attachée autour de son corps. Le dessein de mon maître était de me faire voir sur la route, dans toutes les villes, bourgs et villages de quelque importance, et de s'arrêter même dans les châteaux de la noblesse qui l'éloigneraient peu de son chemin.

Nous faisions de petites journées, c'est-à-dire seulement de quatre-vingts à cent lieues ; car Glumdalclitch, exprès pour m'épargner de la fatigue, se plaignait d'être incommodée du trot du cheval. Souvent elle me tirait de la caisse, pour me donner de l'air et me faire voir le pays ; mais elle me tenait toujours par mes lisières. Nous passâmes cinq ou six rivières plus larges et plus profondes que le Nil et le Gange, et il n'y avait guère de ruisseau qui ne fût plus grand que la Tamise au pont de Londres. Nous fûmes trois semaines dans notre voyage, et je fus montré dans dix-huit grandes villes, sans compter les villages et les châteaux.

Le 26 octobre, nous arrivâmes à la capitale, appelée dans leur langue *Lorbruldrud* ou l'*Orgueil de l'Univers*. Mon maître prit un appartement dans la rue principale de la ville, peu éloignée du palais royal, et distribua, selon la coutume, des affiches contenant une description merveilleuse de ma personne et de mes talents.

Il loua une salle de trois à quatre cents pieds de large, où il plaça une table de soixante pieds de diamètre, sur laquelle je devais jouer mon rôle ; il la fit entourer de palissades pour m'empêcher de tomber. C'est sur cette table qu'on me montra dix fois par jour, au grand étonnement et à la satisfaction de tout le peuple. Je savais

alors passablement parler la langue, et j'entendais parfaitement tout ce qu'on disait de moi; j'avais appris leur alphabet, et je pouvais, quoique avec peine, lire et traduire les livres; car Glumdalclitch m'avait donné des leçons chez son père, et aux heures de loisir pendant notre voyage: elle portait dans sa poche un petit livre un peu plus grand qu'un de nos atlas; c'était un catéchisme en abrégé, contenant les dogmes principaux de la religion; elle s'en servait pour m'enseigner les lettres de l'alphabet, et elle m'en interprétait les mots.

CHAPITRE III

L'auteur mandé pour se rendre à la cour : la reine l'achète et le présente au roi. Il discute avec les savants de Sa Majesté.
On lui prépare un appartement. Il devient le favori de la reine.
Il soutient l'honneur de son pays.
Ses querelles avec le nain de la reine.

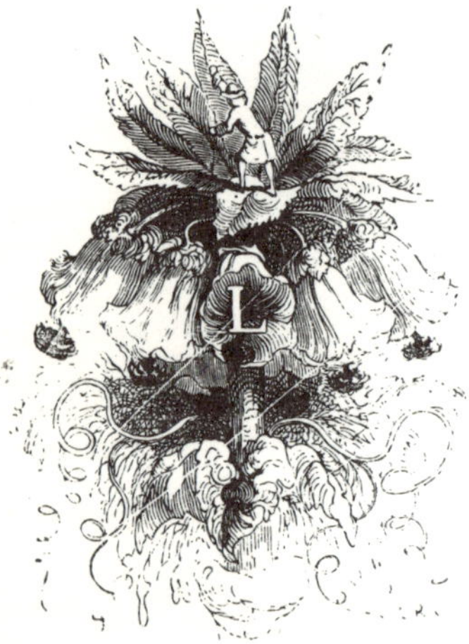

LES peines et les fatigues qu'il me fallait essuyer chaque jour apportèrent un changement considérable à ma santé ; car, plus mon maître gagnait, plus il devenait insatiable. J'avais perdu entièrement l'appétit, et j'étais presque devenu un squelette. Mon maître s'en aperçut, et, jugeant que je mourrais bientôt, résolut de tirer de moi tout le profit qu'il pourrait. Pendant qu'il calculait de cette façon, un *slardral,* ou écuyer du roi, vint ordonner à mon maître de m'amener sur-le-champ à la cour pour le divertissement de la reine et de toute ses dames.

Quelques-unes d'entre elles m'avaient déjà vu, et avaient rapporté des choses merveilleuses de ma figure mignonne, de ma tournure gracieuse et de mon esprit. Sa Majesté et sa suite furent extrêmement diverties de mes manières. Je me mis à genoux, et demandai d'avoir l'honneur de baiser son pied royal; mais cette princesse

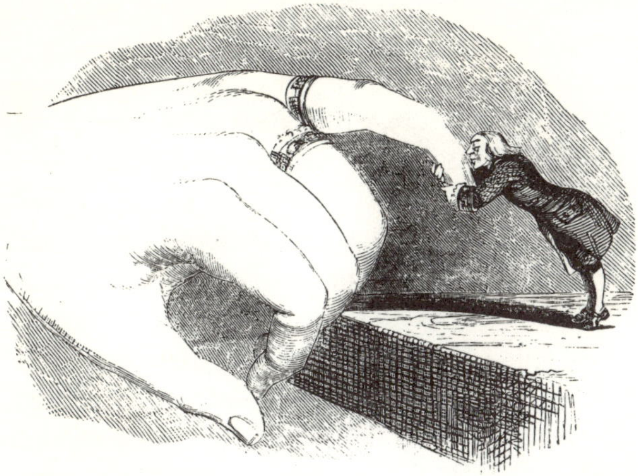

aimable me présenta son petit doigt, que je serrai entre mes deux bras, et dont j'appliquai le bout avec respect à mes lèvres. Elle me fit des questions générales touchant mon pays et mes voyages, auxquelles je répondis aussi distinctement et en aussi peu de mots que je pus. Elle me demanda si je serais bien aise de vivre à la cour; je fis la révérence jusqu'au bas de la table sur laquelle j'étais monté, et répondis humblement que j'étais l'esclave de mon maître, mais que, s'il ne dépendait que de moi, je serais charmé de consacrer ma vie au service de Sa Majesté.

Elle demanda ensuite à mon maître s'il voulait me vendre. Lui, qui s'imaginait que je n'avais pas un mois à vivre, fut ravi de la proposition, et fixa le prix de ma vente à mille pièces d'or, qu'on lui compta sur-le-champ.

Je dis alors à la reine que, puisque j'étais devenu un humble esclave de Sa Majesté, je lui demandais la grâce que Glumdalclitch, qui avait toujours eu pour moi tant d'attentions et de soins, fût admise à l'honneur de son service, et continuât d'être ma gouvernante. Sa Majesté y consentit, et y fit consentir aussi le laboureur, qui était bien aise de voir sa fille à la cour. Pour la pauvre fille, elle ne pouvait cacher sa joie. Mon maître se retira, et me dit en partant qu'il me laissait dans un bon endroit ; à quoi je ne répliquai que par une révérence cavalière.

La reine remarqua la froideur avec laquelle j'avais reçu le compliment et l'adieu du laboureur, et m'en demanda la cause. Je pris la liberté de répondre à Sa Majesté que je n'avais d'autre obligation à mon dernier maître que celle de n'avoir pas écrasé un pauvre animal innocent, trouvé par hasard dans son champ ; que ce bienfait avait été assez bien payé par le profit qu'il avait fait en me montrant pour de l'argent, et par le prix qu'il venait de recevoir en me vendant ; que ma santé était très altérée par mon esclavage et par l'obligation continuelle d'entretenir et d'amuser le menu peuple à toutes les heures du jour, et que si mon maître n'avait pas cru ma vie en danger, Sa Majesté ne m'aurait pas eu à si bon marché ; mais que comme je n'avais pas lieu de craindre d'être désormais aussi malheureux sous la protection d'une princesse si grande et si bonne, l'ornement de la nature, l'admiration du monde, les délices de ses sujets et le phénix de la création, j'espérais que l'appréhension qu'avait eue mon dernier maître serait vaine, puisque je me trouvais déjà ranimé par l'influence de sa présence très auguste.

Tel fut le sommaire de mon discours, dans lequel je commis plusieurs barbarismes, et que je ne prononçai pas très couramment. La reine, qui excusa avec bonté les défauts de ma harangue, fut surprise de trouver tant d'esprit et de bon sens dans un si petit animal : elle me prit dans ses mains, et sur-le-champ me porta au roi, qui était alors retiré dans son cabinet.

Sa Majesté, prince très sérieux et d'un visage austère, ne remarquant pas bien ma figure à la première vue, demanda froidement à la reine depuis quand elle avait le goût des *splacks-nocks* (car il m'avait pris pour cet insecte); mais la reine, qui avait infiniment d'esprit, me mit doucement debout sur l'écritoire du roi, et m'ordonna de dire moi-même à Sa Majesté ce que j'étais. Je le fis en très peu de mots ; et Glumdalclitch, qui était restée à la porte du cabinet, ne pouvant souffrir que je fusse longtemps hors de sa présence, entra, et dit à Sa Majesté comment j'avais été trouvé dans un champ.

Le roi était aussi savant qu'aucun de ses sujets, surtout dans les mathématiques et les sciences naturelles. Cependant, quand il vit de près ma figure et ma démarche, avant que je pusse commencer à parler, il s'imagina que je pourrais être l'œuvre d'un mécanicien, la mécanique étant poussée à un haut degré de perfection en son pays ; mais après qu'il eut entendu ma voix, et trouvé du raisonnement dans les petits sons que je rendais, il ne put cacher son étonnement et son admiration.

Il envoya chercher trois savants qui étaient alors de quartier et dans leur semaine de service, selon la coutume de ce pays. Ces messieurs, après avoir examiné ma figure avec beaucoup d'attention, furent d'avis différents sur mon sujet.

Un de ces philosophes avança que j'étais un embryon, un pur avorton; mais cet avis fut rejeté par les deux autres, qui observèrent que mes membres étaient parfaits et achevés dans leur espèce, et que j'avais vécu plusieurs années; ce qui parut évident par ma barbe,

dont les poils étaient visibles au microscope. On ne voulut pas admettre que je fusse un nain, parce que ma petitesse était hors de toute comparaison; le nain favori de la reine, le plus petit qu'on eût jamais vu dans ce royaume, avait près de trente pieds de haut. Après un grand débat, on conclut unanimement que je n'étais qu'un *relplum scalcath,* qui veut dire littéralement jeu de nature.

Après cette conclusion décisive, je pris la liberté de dire quelques mots: je m'adressai au roi, et protestai à Sa Majesté que je venais d'un pays où mon espèce était répandue par plusieurs millions d'individus des deux sexes, où les animaux, les arbres et les maisons étaient proportionnés à ma petitesse. Cette réponse fit sourire dédaigneusement les philosophes. Le roi, qui avait plus de pénétration que ses savants, les congédia et commença à croire que ce que je lui avais dit pouvait être vrai. Il pria la reine de donner ordre qu'on prît un soin particulier de moi, et fut d'avis qu'il fallait me laisser sous la conduite de Glumdalclitch, ayant remarqué que nous avions une grande affection l'un pour l'autre.

On lui fit préparer un appartement convenable dans le palais; elle eut une gouvernante, une femme de chambre et deux laquais, mais fut seule chargée de me soigner.

La reine donna ordre à son ébéniste de faire une boîte qui pût me servir de chambre à coucher, suivant le modèle que Glumdalclitch et moi lui donnerions. Cet homme, qui était un ouvrier très adroit, me fit en trois semaines une chambre de bois de seize pieds en carré et de douze de haut, avec des fenêtres, une porte et deux cabinets de la grandeur d'une chambre à coucher de Londres. La planche qui formait le plafond s'ouvrait, et Glumdalclitch pouvait tirer mon lit en dehors par cette ouverture, qui avait servi à le passer. Il était fait avec beaucoup de soin par le tapissier de la reine. Ma petite bonne l'arrangeait tous les jours, puis le soir elle le remettait et refermait la trappe sur moi. La chambre était matelassée de tous côtés, afin de prévenir les accidents qui pouvaient m'arriver par la maladresse de mes porteurs ou les cahots des voitures.

Un ouvrier habile, qui était renommé pour les petits bijoux curieux, entreprit de me faire deux chaises d'une matière semblable à l'ivoire, et deux tables, avec une armoire pour mettre mes hardes. Je demandai une serrure, afin de pouvoir fermer ma porte et empêcher les rats et les souris d'entrer chez moi ; le serrurier, après plusieurs tentatives, fit la plus petite serrure qu'on eût jamais vue en ce pays ; j'en ai même vu de plus grandes aux portes des maisons anglaises. Ensuite la reine fit chercher les étoffes les plus fines pour me faire des habits. J'eus beaucoup de peine à m'accoutumer au poids des vêtements du pays ; ils tiennent un peu des formes chinoises, un peu des formes persanes. A tout prendre, ce costume me parut grave et décent.

Cette princesse goûtait si fort mon entretien, qu'elle ne pouvait dîner sans moi. J'avais une table placée sur celle où Sa Majesté mangeait, avec une chaise sur laquelle je pouvais m'asseoir. Glumdalclitch était debout sur un tabouret, près de la table, pour pouvoir prendre soin de moi. J'avais un service complet, qui aurait tenu dans une boîte de leurs ménages d'enfant, et Glumdalclitch la portait dans sa poche. La reine dînait seule avec les princesses ses filles, l'une âgée de seize ans, l'autre de treize. Sa Majesté plaçait un morceau d'un des plats de sa table sur mon assiette, et je le découpais avec mon couteau, ce qui paraissait divertir infiniment ces princesses. De mon côté, les énormes bouchées que prenait la reine (dont l'estomac était cependant très délicat) me causaient un dégoût involontaire. Une douzaine de nos fermiers auraient dîné d'une de ces bouchées. Elle croquait l'aile d'une mauviette, os et chair, bien qu'elle fût neuf fois aussi grande qu'une aile de dindon ; et le morceau de pain qui l'accompagnait était de la grosseur de deux pains de quatre livres. Les cuillers, les fourchettes et autres instruments étaient dans les mêmes proportions. Une fois, ma petite bonne me fit voir une des tables des gens du palais, et j'avoue que la vue de dix à douze de ces grands couteaux et fourchettes en mouvement me parut horrible.

Tous les mercredis, jours de repos dans ce pays, le roi, la reine et la famille royale dînent ensemble dans les appartements de Sa Majesté, laquelle, m'ayant pris en grande amitié, faisait placer en ces occasions ma petite chaise et ma table à sa gauche et devant une salière. Ce prince prenait plaisir à causer avec moi et à me faire des questions touchant les mœurs, la religion, les lois, le gouvernement et la littérature de l'Europe, et je lui en rendais compte le mieux que je pouvais. Son esprit était si pénétrant et son jugement si solide, qu'il faisait des réflexions et des observations très sages sur tout ce que je lui disais. Mais j'avoue qu'ayant parlé un peu trop en détail de ma chère patrie, de notre commerce étendu, de nos schismes religieux, de nos sectes politiques, le roi, influencé par les préjugés de son éducation, me prit d'une main, me frappa de l'autre bien doucement, et me demanda en éclatant de rire si j'étais un *whig* ou un *tory;* puis, se tournant vers son premier ministre, qui se tenait derrière lui ayant à la main un bâton blanc presque aussi haut que le grand mât du *Royal Souverain:* « Hélas ! dit-il, que la grandeur humaine est peu de chose, puisque de vils insectes peuvent ainsi l'imiter ! et je ne doute pas qu'ils n'aient chez eux des rangs et des distinctions, de petits lambeaux dont ils se parent, des trous, des cages, des boîtes, qu'ils appellent des palais et des hôtels, des équipages, des livrées, des titres, des charges, des occupations, des passions comme nous. Chez eux on aime, on hait, on trompe, on trahit comme ici. » C'est ainsi que Sa Majesté philosophait à l'occasion de ce que je lui avais dit de l'Angleterre ; et moi j'étais confondu et indigné de voir ma patrie, la maîtresse des arts, la souveraine des mers, le fléau de la France, l'arbitre de l'Europe, la gloire de l'univers, traitée avec tant de mépris.

Mais ma situation ne me permettait pas de ressentir une injure ; et je doutais même, en y réfléchissant mieux, que j'eusse été offensé. Je me rappelais qu'après avoir passé plusieurs mois parmi ce peuple, mes yeux s'étaient accoutumés aux proportions relatives des choses, et leurs dimensions si différentes des nôtres ne me causaient plus l'horreur qu'elles m'avaient inspirée au premier abord. Il est même certain que si j'avais vu tout à coup une compagnie de dames et de seigneurs anglais dans leurs brillantes parures des jours de naissance royale, jouant tous leurs rôles en courtisans bien stylés, saluant, babillant et se pavanant, j'aurais été tenté de rire de leur mine, comme le roi et ses grands venaient de rire de moi. Le fait est que je ne pouvais m'empêcher de sourire quand la reine me prenait dans sa main et se plaçait devant une glace. Nos deux figures formaient le contraste le plus étrange, et je croyais réellement avoir diminué de grandeur.

Il n'y avait rien qui m'offensât et me chagrinât plus que le nain de la reine, qui, étant de la taille la plus petite qu'on eût jamais vue dans ce pays, devint d'une insolence extrême à la vue d'un homme beaucoup plus petit que lui. Il me regardait d'un air fier et dédaigneux, et se moquait sans cesse de ma figure quand il passait à côté de moi, tandis que j'étais posé sur une table, causant avec les seigneurs et les dames de la cour ; et il ne manquait jamais de lancer quelque quolibet sur mon exiguïté. Je ne m'en vengeai qu'en l'appelant *frère* (car je crois en vérité qu'il n'avait pas plus de trente pieds), en le défiant de lutter avec moi, et en lui adressant de ces petites plaisanteries que les pages de cour se font mutuellement. Un jour, pendant le dîner, le malicieux avorton fut si piqué de quelque chose que je lui avais dit, qu'il grimpa sur le dos de la chaise de la reine, me saisit par le milieu du corps, m'enleva, me laissa tomber dans un plat de lait, et s'enfuit. J'en eus par-dessus les oreilles ; et si je n'avais été un nageur excellent, j'aurais été infailliblement noyé. Glumdalclitch, dans ce moment, était par hasard à l'autre extrémité de la chambre. La reine fut si consternée de cet accident, qu'elle manqua de présence d'esprit pour m'assister; mais ma

petite bonne vint à mon secours, et me tira du plat très adroitement, non sans que j'eusse bu plusieurs pintes de lait. On me mit au lit. Cependant je n'eus aucun mal; mes habits seulement furent complètement gâtés. Le nain fut bien fouetté, et condamné en outre à boire le bol de crème dans lequel j'étais tombé. Il ne regagna jamais la faveur de la reine, qui le donna à une de ses dames, à ma grande joie, car il se serait tôt ou tard vengé de moi. Ce n'était pas le premier tour qu'il me jouait. Un jour, Sa Majesté, après avoir vidé la moelle d'un os, l'avais remis sur le plat tout droit; et le nain, prenant son temps, me saisit, serra mes jambes, et m'enfila dans l'os jusqu'au cou. J'y restai quelques minutes, ne croyant pas de ma dignité de crier et d'attirer l'attention sur moi en cette position ridicule. Heureusement les princes ne mangent pas leurs mets très chauds, et mes jambes ne furent pas brûlées. On rit beaucoup lorsque je fus tiré sain et sauf, et je demandai grâce pour le nain.

La reine me raillait souvent sur ma poltronnerie, et me demandait si les gens de mon pays étaient tous aussi couards que moi. La cause de ces railleries était l'importune agression des mouches, qui ne me laissaient pas un instant de repos. Ces odieux insectes (de la grosseur de nos alouettes) m'étourdissaient par leur bourdonnement, tombaient comme des harpies sur ma victuaille, et y

laissaient leurs œufs et leurs excréments, visibles pour moi. Quelquefois elles se posaient sur mon nez, et me piquaient au vif, exhalant en même temps une odeur affreuse; et je pouvais alors distinguer la trace de cette matière visqueuse qui, selon nos savants, donne à ces animalcules la faculté de marcher sur un plafond. Mal-

gré moi je tressaillais à l'approche de ces insectes, et le nain prenait plaisir à en rassembler plusieurs dans sa main, puis à les lâcher afin de m'effrayer et de divertir les princesses. Mon unique recours était de tirer mon couteau et de tailler en pièces mes ennemis ailés; et l'on admirait la dextérité que je déployais à cette chasse.

Un matin ma gouvernante avait posé ma boîte sur une fenêtre pour me faire respirer l'air frais (je ne voulus jamais laisser accrocher la boîte à un clou en dehors, comme une cage), je levai un de mes châssis, et, m'asseyant auprès devant ma table, je commençais à déjeuner avec une tarte sucrée, lorsque des guêpes entrèrent dans ma chambre avec un bourdonnement aussi fort que le son d'une douzaine de cornemuses. Les unes fondirent sur la tarte et l'enlevèrent par morceaux, les autres volaient autour de ma tête. J'eus le courage de me lever et de les attaquer en l'air. Bientôt j'en dépêchai quatre, le reste s'enfuit, et je fermai ma fenêtre. Ces insectes étaient gros comme des perdrix ; je tirai un de leurs dards, qui avaient un pouce de long, et je le conservai soigneusement avec d'autres curiosités, que je montrai à mon retour en Europe ; j'en donnai ensuite trois au collège de Gresham, et je gardai pour moi le quatrième.

CHAPITRE IV

Description du pays.
L'auteur indique une correction pour les cartes modernes.
Palais du roi, sa capitale.
Manière de voyager de l'auteur. Temple principal.

Je vais maintenant donner au lecteur une courte description de ce pays, autant que je l'ai pu connaître par ce que j'en ai parcouru. Le royaume a environ deux mille lieues de long, et mille à quinze cents lieues de large : d'où je conclus que nos géographes de l'Europe se trompent lorsqu'ils croient qu'il n'y a que la mer entre le Japon et la Californie. Je me suis toujours imaginé qu'il devait y avoir de ce côté-là une terre ferme pour servir de contre-poids au grand continent de Tartarie. Il y a donc lieu de corriger les cartes et de joindre cette vaste étendue de pays aux parties nord-ouest de l'Amérique; sur ce point je suis prêt à aider les géographes de mes lumières.

Cet empire est une presqu'île, terminée vers le nord par une chaîne de montagnes qui ont environ dix lieues de hauteur, et dont on ne peut approcher à cause des volcans qui couronnent leur cime. Les plus savants ignorent quelle espèce de mortels habite au-delà de ces montagnes, et même s'il y a des habitants. La mer borne les trois autres côtés. Il n'y a aucun port dans tout le royaume; les endroits de la côte où les fleuves vont se perdre dans la mer sont si remplis de rochers hauts et escarpés, et la mer y est ordinairement si agitée, qu'il n'y a presque personne qui ose y aborder; en sorte que ces peuples sont exclus de tout commerce avec le reste du monde. Les grandes rivières sont pleines de poissons excellents; aussi est-ce très rarement qu'on pêche dans la mer, parce que les poissons y sont de même grosseur que ceux de l'Europe, et, par rapport à eux, ne valent pas la peine d'être pêchés: il est donc évident que la nature n'a produit que pour ce continent des plantes et des animaux de dimensions aussi énormes; je laisse à expliquer aux philosophes les motifs de ce fait singulier. On prend néanmoins quelquefois sur la côte des baleines, dont le bas peuple se nourrit et se régale. J'ai vu une de ces baleines qui était si grosse, qu'un homme du pays avait de la peine à la porter sur ses épaules. Quelquefois, par curiosité, on en apporte dans des paniers à Lorbrulgrud; j'en ai vu une dans un plat sur la table du roi, mais il ne paraissait pas aimer cette sorte de nourriture. Peut-être en était-il dégoûté par la grosseur de

l'animal ; cependant j'en avais vu de plus gros au Groënland.

Le pays est très peuplé ; car il contient cinquante et une villes, près de cent bourgs entourés de murailles, et un plus grand nombre de villages et de hameaux. Pour satisfaire le lecteur curieux, il suffira peut-être de donner la description de Lorbrulgrud. Cette ville est située sur une rivière qui la divise en deux parties presque égales. Elle contient plus de quatre-vingt mille maisons, et environ six cent mille habitants; elle a en longueur trois *glomglungs* (qui font environ dix-huit lieues), et deux et demi en largeur: j'en ai pris la mesure sur la carte dressée par les ordres du roi, qui fut étendue sur la terre exprès pour moi, et sur laquelle je marchai nu-pieds pour mesurer le diamètre et la circonférence. Cette carte avait cent pieds de long.

Le palais du roi est un bâtiment assez peu régulier; c'est plutôt un amas d'édifices, couvrant un peu plus de deux lieues: les chambres principales sont hautes de deux cent quarante pieds, et larges à proportion.

On donna un carrosse à Glumdalclitch et à moi, pour voir la ville, ses places et ses hôtels, et courir les boutiques. Elle me tenait près d'elle dans ma boîte; mais souvent, à ma prière, elle m'en faisait sortir et me prenait dans sa main, afin que je pusse mieux voir les maisons et le monde. D'après mes calculs, notre carrosse avait la surface carrée de la salle de Westminster; mais il était moins élevé: toutefois je puis avoir mal calculé.

Outre la grande boîte dans laquelle j'étais ordinairement transporté, la reine en fit faire une qui n'avait que douze pieds carrés sur dix de haut, et que ma gouvernante pouvait mettre sur ses genoux quand nous allions en voiture. L'habile ouvrier qui l'avait faite sous notre direction avait percé une fenêtre de trois côtés (on les avait grillées de peur d'accident), et sur le quatrième côté étaient attachées deux fortes boucles en cuir. On passait une ceinture dans ces boucles s'il me plaisait d'aller à cheval, et un domestique fixait la ceinture autour de son corps, et me tenait devant lui. C'est ainsi que j'accompagnais souvent le roi et les princes, que je prenais l'air dans les jardins ou que je rendais des visites; car j'étais fort bien vu à la cour, sans doute grâce à la faveur dont le roi voulait bien m'honorer. Dans les voyages, je préférais cette façon d'aller, parce que je pouvais voir le pays. C'était toujours une personne sûre à laquelle on confiait le soin de me porter, et ma boîte était posée sur un coussin.

J'avais dans ce cabinet un lit de camp ou hamac suspendu au plafond, une table et deux fauteuils vissés au plancher; et l'habitude de la mer faisait que les mouvements du cheval ou de la voiture ne me causaient pas trop d'incommodité, bien qu'ils fussent souvent très violents. Toutes les fois que je désirais courir la ville, c'était dans cette boîte qu'on me portait. Glumdalclitch la posait sur ses genoux après être montée dans une chaise, ouverte et portée par quatre hommes à la livrée de la reine. Le peuple, qui avait souvent ouï parler de moi, se rassemblait en foule pour me voir; et la jeune fille avait la complaisance de faire arrêter les porteurs et de me prendre dans sa main, afin qu'on pût me considérer plus commodément.

J'étais fort curieux de voir le temple principal, surtout la tour qui en fait partie et qu'on regarde comme la plus haute du royaume. Ma gouvernante m'y conduisit. Les murs ont près de cent pieds d'épaisseur, et sont en pierres de taille de quarante pieds cubes; ils sont ornés de statues colossales de dieux et d'empereurs, en mar-

bre, placées dans les niches. Je mesurai le petit doigt de l'une de ces statues qui était tombé et gisait parmi des décombres, et je trouvai qu'il avait juste quatre pieds un pouce de long. Glumdalclitch l'enveloppa dans son mouchoir, et l'emporta pour le conserver avec d'autres jouets.

La cuisine royale était un superbe édifice voûté, d'environ six cents pieds de haut. Le grand four a dix pas de moins que la coupole de Saint-Paul; je m'en suis assuré en mesurant celle-ci à mon retour. Mais si je décrivais les grilles à feu, les énormes pots et marmites, et les

pièces de viande qui tournaient sur les broches, on aurait peine à me croire; du moins de sévères critiques pourraient m'accuser d'exagération. Pour éviter ces censures, je crains d'être tombé dans l'excès opposé: et si cet ouvrage était jamais traduit dans la langue de Brobdingnag, et qu'il fût transmis en ce royaume, le roi et le peuple auraient raison de se plaindre du tort que je leur ai fait en réduisant leurs proportions.

Ce monarque n'a jamais plus de six cents chevaux dans ses écuries, et ils ont de cinquante-quatre à soixante pieds de haut. Dans les grandes solennités, il est suivi d'une garde de cinq cents cavaliers, qui m'avaient paru la plus belle troupe qui existât ; mais lorsque je vis une partie de l'armée rangée en bataille, ce spectacle me sembla encore plus imposant.

CHAPITRE V

Aventures diverses arrivées à l'auteur.
Exécution d'un criminel.
L'auteur montre ses connaissances en navigation.

AURAIS passé ma vie assez doucement en ce pays, si ma petite taille ne m'eût exposé à mille accidents, dont je rapporterai quelques-uns. Ma gouvernante me portait quelquefois dans les jardins, et là me tirait de ma boîte ou me laissait à terre me promener librement. Un jour, le nain de la reine (avant sa disgrâce) nous avait suivis dans les jardins, et Glumdalclitch m'ayant posé à terre, nous nous trouvâmes lui et moi à côté d'un pommier nain. Je fus tenté de montrer mon esprit par une comparaison assez sotte entre mon compagnon et l'arbre, les termes dans les deux langues prêtant également à cette similitude. Le petit méchant, voulant se venger de ma plaisanterie, prit son temps pour secouer une branche bien

chargée de fruits, et une douzaine de pommes plus grosses que des tonneaux de Bristol tombèrent sur moi. Une seule m'atteignit à l'instant où je me baissais, et me fit choir le nez contre terre. Je ne voulus pas me plaindre de ce tour, parce que je l'avais provoqué.

Mais un plus dangereux accident m'arriva dans les mêmes jardins. Un jour que ma petite gouvernante, croyant m'avoir mis en lieu de sûreté, me laissa seul, comme je la priais souvent de le faire, afin que je pusse me livrer à mes pensées ; elle n'avait point pris ma boîte, et, m'ayant posé à terre, elle s'éloigna avec quelques

dames de sa connaissance. Pendant son absence, un petit épagneul, qui appartenait à un des jardiniers, vint par hasard flaner près de l'endroit où j'étais, courut droit à moi, guidé par son odorat, me saisit dans sa gueule, me porta à son maître, et me posa devant lui en remuant la queue. Par bonheur, il m'avait pris si adroitement, que je n'eus pas le moindre mal ; mais le jardinier, qui me connaissait et m'aimait beaucoup, eut la plus grande frayeur. Il me tira bien doucement, et me demanda comment je me trouvais ; mais je ne pus lui répondre que quelques minutes après, ma terreur et la rapidité avec laquelle j'avais été emporté m'ayant ôté l'usage de la voix. Il me porta là où le petit chien m'avait trouvé. Glumdalclitch y était, désespérée de ne me voir nulle part, et m'appelant de tous côtés ; elle gronda le jardinier à cause de son chien. Cependant nous convînmes de taire cette aventure, qui me semblait propre à jeter du ridicule sur ma personne.

Je ne puis dire si j'étais flatté ou humilié de remarquer, dans mes promenades solitaires, que les oiseaux n'avaient aucune frayeur de moi. Une grive eut même l'effronterie de m'enlever un morceau de biscuit que je tenais à la main. Quand j'essayais de prendre un de ces oiseaux, il se tournait hardiment contre moi, me menaçait de son bec, puis recommençait tranquillement à chercher des vers ou des grains. Mais un jour je lançai un gros bâton de toute ma force sur un linot, et si adroitement, qu'il tomba, et je le saisis par le cou pour le traîner jusqu'à l'endroit où ma gouvernante m'attendait. Mais le linot, qui n'avait été qu'étourdi, me donna des coups d'aile si violents, que j'aurais été forcé de le lâcher, si un domestique n'était venu à mon aide. Le lendemain, on me servit à mon dîner une partie de ma prise. Ce linot était à peu près de la grosseur d'un de nos cygnes.

Un jour, le neveu de la gouvernante de Glumdalclitch

les engagea toutes deux à venir voir l'exécution d'un meurtrier. La dernière eut beaucoup de peine à consentir à cette proposition; mais enfin elle se laissa entraîner; et moi-même, bien que ces spectacles me soient odieux, je désirais voir celui-ci, comme objet de curiosité philosophique. Le patient était lié sur un fauteuil placé sur un échafaud, et sa tête fut tranchée d'un seul coup avec un sabre de quarante pieds. Les artères et les veines lancèrent des jets beaucoup plus élevés que ceux du parc de Versailles, et la tête coupée fit un bond si prodigieux, que je tressaillis de frayeur, quoique je fusse à plus d'un mille de distance.

La reine, qui prenait plaisir à causer avec moi de mes voyages, et qui ne laissait échapper aucune occasion de me distraire quand j'étais mélancolique, me demanda un jour si j'étais capable de manier une rame ou de diriger une voile, et si un peu d'exercice en ce genre ne serait pas bon pour ma santé. Je répondis que j'entendais ces deux exercices, parce que, bien que mon emploi fût celui de chirurgien, j'avais été souvent obligé de travailler comme un simple matelot dans les moments de crise; mais que j'ignorais comment je pourrais naviguer en ce pays, où la plus petite barque était égale à un vaisseau de guerre du premier rang parmi nous; d'ailleurs, un navire proportionné à ma taille et à mes forces n'aurait pu flotter longtemps sur leurs rivières, et je n'aurais pu le gouverner.

Sa Majesté me dit que, si je voulais, son menuisier me ferait une petite barque, et qu'elle me trouverait un endroit où je pourrais naviguer. Le menuisier, suivant mes instructions, me construisit en dix jours un petit navire avec tous ses cordages, capable de tenir commodément huit Européens.

Quand il fut achevé, la reine fut si ravie, qu'elle le mit dans son tablier et courut le montrer au roi ; celui-ci donna l'ordre de le mettre dans une citerne, où j'essaierais de le faire manœuvrer, ce qui me fut impossible, faute d'espace pour mes rames.

Cependant la reine avait eu auparavant une autre idée ; elle avait commandé à son menuisier de faire une auge de bois longue de trois cents pieds, large de cinquante, et profonde de huit, laquelle, étant bien goudronnée pour empêcher l'eau de s'échapper, fut posée sur le plancher, le long de la muraille, dans une salle extérieure du palais: elle avait un robinet bien près du fond pour laisser sortir l'eau de temps en temps, et deux domestiques la pouvaient remplir dans une demi-heure de temps.

C'est là que l'on me fit ramer pour mon divertissement, aussi bien que pour celui de la reine et de ses dames, qui prirent beaucoup de plaisir à voir mon adresse et mon agilité.

Quelquefois je hissais ma voile, et alors je n'avais d'autre peine que de tenir le gouvernail pendant que les dames me donnaient un coup de vent avec leur éventail; et quand elles se trouvaient fatiguées, quelques-uns des pages poussaient le navire avec leur souffle, tandis que je manœuvrais à tribord ou à bâbord, selon ma convenance. Quand j'avais fini, Glumdalclitch reportait mon navire dans son cabinet, et le suspendait à un clou pour le faire sécher.

Dans cet exercice il m'arriva une fois un accident qui faillit me coûter la vie.

Un des pages ayant mis mon esquif dans l'auge, une femme de la suite de Glumdalclitch me prit très officieusement pour me mettre dans le navire; mais il arriva que je glissai entre ses doigts, et je serais infailliblement tombé de la hauteur de quarante pieds sur le plancher, si, grâce au plus heureux hasard du monde, je n'eusse été arrêté par une grosse épingle qui était fichée dans le tablier de cette femme. La tête de l'épingle passa entre ma chemise et la ceinture de ma culotte, en sorte que je restai suspendu en l'air, et qu'on eut le temps de venir à mon secours.

Une autre fois, un des domestiques, dont la fonction était de remplir mon auge d'eau fraîche tous les trois jours, fut si négligent, qu'il laissa échapper de son seau

une grenouille très grosse, sans l'apercevoir. La grenouille se tint cachée jusqu'à ce que je fusse mis à flot; alors, voyant un endroit pour se reposer, elle y grimpa, et fit tellement pencher le navire, que je me trouvai obligé de faire le contre-poids de l'autre côté pour l'empêcher d'enfoncer.

Cependant la grenouille se mit à sauter sur ma tête,

puis sur mes jambes, couvrant de boue mon visage et mes habits. Sa grosseur en faisait un monstre épouvantable à mes yeux ; toutefois je priai ma gouvernante de me laisser me tirer d'affaire seul avec cette bête ; et en la poursuivant avec une de mes rames, je la fis enfin sauter hors du bateau.

Mais voici le plus grand péril que je courus dans ce royaume : Glumdalclitch étant sortie pour des affaires ou pour faire une visite, m'avait enfermé au verrou dans son cabinet. Le temps était très chaud, et la fenêtre du cabinet était ouverte, aussi bien que les fenêtres et la porte de ma boîte. Pendant que j'étais assis tranquille et mélancolique près de ma table, j'entendis quelque chose entrer dans le cabinet par la fenêtre, et sauter çà et là. Quoique j'en fusse un peu alarmé, j'eus le courage de regarder dehors, mais sans abandonner ma chaise : et alors je vis un animal qui, bondissant de tous côtés, finit par s'approcher de ma boîte, et la regarda avec une apparence de plaisir et de curiosité, mettant sa tête à la porte et à chaque fenêtre.

Je me retirai dans le coin le plus renfoncé de ma boîte ; mais cet animal, qui était un singe, regardant dedans de tous côtés, me causa une telle frayeur, que je n'eus pas la présence d'esprit de me cacher sous mon lit, comme je pouvais le faire très facilement. Après bien des grimaces et des gambades, le singe me découvrit ; et, fourrant une de ses pattes par l'ouverture de la porte, comme fait un chat qui joue avec une souris, quoique je changeasse souvent de lieu pour me mettre à l'abri, il m'attrapa par les pans de mon justaucorps (qui, étant fait du drap de ce pays, était épais et très solide), et me tira dehors. Il me prit dans sa patte droite, et me tint comme une nourrice tient un enfant qu'elle veut allaiter. J'avais vu souvent en Europe des singes s'amuser ainsi avec de petits chats. Quand je me débattais, il me pressait si fort, que je crus que le parti le plus sage était

de me soumettre, et d'en passer par tout ce qui lui plairait. J'ai quelque raison de croire qu'il me prit pour un jeune singe, parce qu'avec son autre patte il flattait doucement mon visage.

Il fut tout à coup interrompu par un bruit à la porte du cabinet, comme si quelqu'un eût tâché de l'ouvrir;

soudain il sauta à la fenêtre par laquelle il était entré, et de là sur les gouttières, marchant sur trois pattes et me tenant dans la quatrième, jusqu'à ce qu'il eût grimpé à un toit attenant au nôtre. J'entendis alors Glumdalclitch jeter des cris lamentables. La pauvre fille était au désespoir, et ce quartier du palais fut bientôt en alarmes : les domestiques coururent chercher des échelles ; le singe fut vu par plusieurs personnes assis sur le faîte d'un bâtiment, me tenant comme une poupée dans une de ses pattes de devant, et me donnant à manger avec l'autre, fourrant dans ma bouche quelques viandes qu'il avait attrapées, et me tapant quand je ne voulais pas manger. La canaille qui me regardait d'en bas en riait beaucoup ; et cela était fort excusable, car, excepté pour moi, la chose était assez plaisante. Quelques-uns jetèrent des pierres, dans l'espérance de faire descendre le singe ; mais il leur fut défendu de continuer, de peur qu'on ne me cassât la tête.

Des échelles furent apportées, et plusieurs hommes montèrent sur le toit. Aussitôt le singe effrayé décampa, et me laissa tomber sur une gouttière. Alors un des laquais de ma petite maîtresse, honnête garçon qui m'aimait beaucoup, grimpa, et, me mettant dans la poche de sa culotte, me fit descendre en sûreté.

J'étais presque suffoqué des ordures que le singe avait fourrées dans mon gosier ; mais ma chère petite maîtresse me fit vomir, ce qui me soulagea. J'étais si faible et si froissé des embrassades de cet animal, que je fus obligé de me tenir au lit pendant quinze jours. Le roi et toute la cour envoyèrent chaque jour demander des nouvelles de ma santé, et la reine me fit plusieurs visites pendant ma maladie. Le singe fut mis à mort, et défense fut faite d'entretenir désormais aucun animal de cette espèce dans les environs du palais.

Je fournissais tous les jours à la cour le sujet de quelque conte ridicule, et Glumdalclitch, quoiqu'elle m'aimât extrêmement, était assez méchante pour amuser la reine du récit de mes sottises, lorsqu'elle les croyait propres à réjouir Sa Majesté. Par exemple, un jour, sa gouvernante l'ayant conduite à une heure de distance de la ville pour lui faire prendre l'air, parce qu'elle était un peu souffrante, elles descendirent dans une prairie. Glumdalclitch ouvrit ma boîte; et je sortis pour me promener: il y avait de la bouse de vache dans un sentier; je voulus, pour faire parade de mon agilité, sauter

par-dessus; mais, par malheur, je sautai mal, et tombai au beau milieu, en sorte que j'eus de l'ordure jusqu'aux genoux. Je me tirai du bourbier avec peine, et un des laquais me nettoya comme il put avec son mouchoir. La reine fut bientôt instruite de cette aventure fâcheuse, les laquais la divulguèrent partout, et pendant plusieurs jours je fournis matière à l'amusement général.

CHAPITRE VI

Différentes inventions de l'auteur pour plaire au roi et à la reine.
Le roi s'informe de l'état de l'Europe,
dont l'auteur essaie de lui donner une idée.
Observations du roi à ce sujet.

AVAIS coutume de me rendre au lever du roi une ou deux fois par semaine, et je m'y étais trouvé souvent lorsqu'on le rasait, ce qui, dans le commencement, me faisait trembler, le rasoir du barbier ayant en longueur à peu près le double d'une faux. Sa Majesté, selon l'usage du pays, n'était rasée que deux fois par semaine. Je demandai une fois au barbier quelques poils de la barbe du roi; il me les donna. Je pris un petit morceau de bois, auquel je perçai avec une aiguille plusieurs trous à des distances égales, et j'y attachai si bien les poils, que je m'en fis un peigne ; cela me fut d'un grand secours, car le mien était cassé et presque hors de service, et je n'avais trouvé dans le pays aucun ouvrier capable de m'en faire un autre.

Je me souviens d'un amusement que je me procurai vers le même temps. Je priai une des femmes de chambre de la reine de recueillir les cheveux fins qui tombaient de la tête de Sa Majesté quand on la peignait, et de me les donner. J'en amassai une quantité considérable, et, m'entendant avec l'ébéniste qui avait reçu l'ordre d'exécuter tous les petits travaux que je lui commanderais, je lui donnai des instructions pour me faire deux fauteuils de la grandeur de ceux qui se trouvaient dans ma boîte, et de les percer de plusieurs petits trous avec une alène fine. Quand les pieds, les bras, les barres et les dossiers des fauteuils furent prêts, je composai le fond avec les cheveux de la reine, que je passai dans les trous, et j'en fis des fauteuils semblables aux meubles de canne dont nous nous servons en Angleterre. J'eus l'honneur d'en faire présent à la reine, qui les mit dans une armoire comme une curiosité.

Elle voulut un jour me faire asseoir dans un de ces fauteuils ; mais je m'en excusai, protestant que j'aimerais mieux souffrir mille morts que de placer ma personne sur des cheveux qui avaient autrefois orné la tête de Sa Majesté et par cette raison méritaient le respect. Je fis ensuite de ces cheveux une bourse très bien travaillée, longue d'environ deux aunes, avec le nom de Sa Majesté brodé en lettres d'or ; je la donnai à Glumdalclitch, du consentement de la reine ; et comme elle était trop fine pour contenir même des pièces d'or, ma petite bonne y renfermait quelques-unes de ces bagatelles chères aux jeunes filles.

Le roi, qui aimait fort la musique, avait très souvent des concerts, auxquels j'assistais placé dans ma boîte;

mais le bruit était si grand, que je ne pouvais guère distinguer les accords: j'affirme que tous les tambours et trompettes d'une armée royale, battant et sonnant à la fois tout près de mes oreilles, n'auraient pu égaler ce bruit. Ma coutume était de faire placer ma boîte loin de l'endroit où étaient les acteurs du concert, de fermer les portes et les fenêtres, et de tirer les rideaux : avec ces précautions, je ne trouvais pas leur musique désagréable.

J'avais appris pendant ma jeunesse à jouer du clavecin. Glumdalclitch en avait un dans sa chambre, et un maître y venait deux fois par semaine pour le lui enseigner. La fantaisie me prit un jour de régaler le roi et la reine d'un air anglais sur cet instrument ; mais cela me parut extrêmement difficile ; car le clavecin était long

de près de soixante pieds, et les touches larges d'un pied ; de telle sorte qu'avec mes deux bras bien étendus, je ne pouvais atteindre plus de cinq touches ; et de plus, pour tirer un son, il me fallait toucher à grands coups de poing.

Voici le moyen dont je m'avisai : je taillai deux bâtons de la grosseur d'une canne ordinaire, et je couvris le bout de ces bâtons de peau de souris, pour ménager les touches et le son de l'instrument ; je plaçai un banc vis-à-vis, sur lequel je montai, et alors je me mis à courir avec toute la vitesse et toute l'agilité imaginables sur cette espèce d'échafaud, frappant çà et là le clavier avec mes deux bâtons de toute ma force ; en sorte que je vins à bout de jouer une gigue anglaise à la grande satisfaction de Leurs Majestés ; mais il faut avouer que je ne fis jamais d'exercice plus violent et plus pénible. Je ne pouvais embrasser plus de seize touches ; par conséquent, je ne pouvais jouer la basse et la tierce en même temps, ce qui ôtait beaucoup d'agrément à mon jeu.

Le roi, qui, comme je l'ai dit, était doué d'une haute intelligence, ordonnait souvent de m'apporter dans ma boîte, et de me mettre sur la table de son cabinet. Alors il me commandait de tirer de la boîte une de mes chaises, et de m'asseoir de sorte que je fusse au niveau de son visage. De cette manière, j'eus plusieurs conférences avec lui. Un jour je pris la liberté de dire à Sa Majesté que le mépris qu'elle avait conçu pour l'Europe et pour le reste du monde ne me semblait pas digne d'un esprit aussi éclairé que le sien ; que la raison était indépendante de la grandeur du corps ; qu'on avait même observé dans notre pays que les personnes de haute taille n'étaient pas ordinairement les plus ingénieuses ; que, parmi les animaux, les abeilles et les fourmis avaient la réputation d'avoir le plus d'industrie et de sagacité ; et enfin que, quelque peu de cas qu'il fît de ma figure, j'espérais néanmoins pouvoir rendre de grands services à Sa Majesté. Le roi m'écouta avec attention, et commença à prendre meilleure opinion de moi.

Il m'ordonna alors de lui faire une relation exacte du gouvernement d'Angleterre, disant que, quelque prévenus que les princes fussent ordinairement en faveur de leurs principes et de leurs usages (ce qu'il supposait d'après mes discours), il serait bien aise d'apprendre des choses qui pouvaient être bonnes à imiter.

Je commençai par dire à Sa Majesté que nos Etats étaient composés de deux îles qui formaient trois puissants royaumes sous un seul souverain, sans compter nos colonies en Amérique. Je m'étendis fort sur la fertilité de notre terre et sur la température de notre climat.

Je décrivis ensuite la constitution du parlement anglais, divisé en deux corps législatifs, le premier nommé chambre des pairs, composé de nobles possesseurs et seigneurs des plus belles terres du royaume. Je parlai de

l'extrême soin qu'on prenait de leur éducation par rapport aux sciences et aux armes, pour les rendre capables d'être conseillers-nés du royaume, d'avoir une part dans l'administration du gouvernement, d'être membres de la plus haute cour de justice, dont il n'y avait point d'appel, et d'être les défenseurs zélés de leur prince et de leur patrie, par leur valeur, leur conduite et leur fidélité. J'ajoutai que de saints personnages siégeaient avec ces nobles sous le titre d'évêques, et que leur charge particulière était de veiller sur la religion et sur ceux qui la prêchent au peuple, et qu'on choisissait dans le clergé les hommes les plus exemplaires et les plus savants pour les revêtir de cette dignité éminente.

Je dis que l'autre partie du parlement était une assemblée respectable, nommée la chambre des communes, composée de nobles ou de gentilshommes choisis librement, et députés par le peuple même, seulement à cause de leurs lumières, de leurs talents et de leur amour pour la patrie, afin de représenter la sagesse de toute la nation. J'ajoutai que ces deux corps formaient la plus auguste assemblée de l'Europe, et que cette assemblée, de concert avec le prince, faisait les lois et décidait de toutes les affaires d'Etat.

Ensuite je décrivis nos cours de justice, où étaient assis de vénérables interprètes de la loi, qui décidaient sur les différentes contestations des particuliers, qui punissaient le crime et protégeaient l'innocence. Je ne manquai pas de parler de la sage et économique administration de nos finances, et de m'étendre sur la valeur et les exploits de nos guerriers de mer et de terre.

Cette conversation remplit cinq audiences, chacune de plusieurs heures, et le roi écouta le tout avec une grande attention, prenant note de presque tout ce que je disais, et marquant en même temps les questions qu'il avait dessein de me faire.

Quand j'eus achevé mes longs discours, Sa Majesté, dans une sixième audience, examinant ses notes, me proposa plusieurs doutes et de fortes objections sur chaque article.

Elle me demanda d'abord quels étaient les moyens qu'on employait pour cultiver l'esprit de notre jeune noblesse; quelles qualités étaient nécessaires à ceux qui devaient être créés pairs; si le caprice du prince, une somme d'argent donnée à propos à une dame de la cour et à un favori, ou le dessein de fortifier un parti opposé au bien public, n'étaient jamais les motifs de ces promotions; quel degré de connaissance les pairs avaient dans les lois de leur pays, et comment ils devenaient capables de décider en dernier ressort des droits de leurs compatriotes; s'ils étaient toujours exempts d'avarice et de préjugés; si ces saints évêques dont j'avais parlé parvenaient toujours à ce haut rang par leur science dans les matières théologiques et par la sainteté de leur vie; s'ils n'avaient jamais intrigué lorsqu'ils n'étaient que de simples prêtres; s'ils n'avaient pas été quelquefois les aumôniers d'un pair par le moyen duquel ils étaient parvenus à l'évêché; et si, dans ce cas, ils ne suivaient pas toujours aveuglément l'avis du pair, et ne servaient pas sa passion ou ses préjugés dans l'assemblée du parlement.

Il voulut savoir comment on s'y prenait pour l'élection de ceux que j'avais appelés députés des communes;

si un inconnu, avec une bourse bien remplie d'or, ne pouvait pas quelquefois gagner le suffrage des électeurs à force d'argent, et se faire préférer à leur propre seigneur, ou aux plus considérables et aux plus distingués de la noblesse dans le voisinage; il demanda aussi pourquoi on avait un désir si violent d'être élu, puisque cette élection était l'occasion d'une très grande dépense, et ne rapportait rien; qu'il fallait donc que ces élus fussent des hommes d'un désintéressement parfait et d'une vertu éminente et héroïque, ou bien qu'ils s'attendissent à être indemnisés et remboursés avec usure par le prince et par ses ministres, en leur sacrifiant le bien public. Sa Majesté me fit sur cet article des objections embarrassantes, que la prudence ne me permet pas de répéter.

A l'égard de nos cours de justice, Sa Majesté me demanda combien de temps on employait ordinairement à mettre une affaire en état d'être jugée ; si les avocats avaient la liberté de défendre les causes évidemment injustes ; si l'on n'avait jamais remarqué que l'esprit de

parti ou de religion eût fait pencher la balance ; si les plaidoyers et les arrêts n'étaient pas quelquefois contraires les uns aux autres dans la même espèce ; si la corporation des légistes était riche ou pauvre ; si les gens de loi recevaient de l'argent pour leurs plaidoyers ou leurs consultations; enfin s'ils étaient quelquefois élus membres de la chambre basse.

Ensuite il s'attacha à me questionner sur l'administration des finances. Il ne pouvait, disait-il, concevoir comment un royaume osait dépenser au-delà de son revenu, et manger son bien comme un particulier imprévoyant. Il était étonné du détail que je lui avais fait de nos guerres et des frais excessifs qu'elles exigeaient. Il fallait certainement, disait-il, que nous fussions un peuple bien inquiet et bien querelleur, ou que nous eussions de bien mauvais voisins.

Vos généraux, disait-il encore, doivent être plus riches que vos rois. Qu'avez-vous à démêler, ajouta-t-il, hors de vos îles? devez-vous y avoir d'autres affaires que celles de votre commerce? devez-vous songer à faire des conquêtes? et ne vous suffit-il pas de bien garder vos ports et vos côtes? Ce qui l'étonna fort, ce fut d'apprendre que nous entretenions une armée dans le sein de la paix et au milieu d'un peuple libre. Il dit que, si nous étions gouvernés de notre propre consentement, il ne pouvait s'imaginer de qui nous avions peur, et contre qui nous avions à nous battre: il demanda si la maison d'un particulier ne serait pas mieux défendue par lui-même, par ses enfants et par ses domestiques, que par une troupe de fripons et de coquins tirés au hasard de la lie du peuple, avec un salaire bien modique, et qui pourraient gagner cent fois plus en nous coupant la gorge.

Il était extrêmement étonné du récit que je lui avais fait de notre histoire du dernier siècle; ce n'était, selon lui, qu'un enchaînement odieux de conjurations, de révoltes, de meurtres, de massacres, de révolutions, d'exils, et des plus terribles effets que l'avarice, l'esprit de faction, l'hypocrisie, la perfidie, la cruauté, la rage, la folie, la haine, l'envie, la malice et l'ambition pussent produire.

Sa Majesté, dans une autre audience, prit la peine de récapituler la substance de tout ce que j'avais dit, compara les questions qu'elle m'avait adressées avec les réponses que j'avais faites ; puis, me prenant dans ses mains et me caressant avec douceur, s'exprima en ces mots, que je n'oublierai jamais, non plus que la manière dont il les prononça :

« Mon petit ami Grildrig, vous avez fait un panégyrique admirable de votre pays : vous avez fort bien prouvé que l'ignorance, la paresse et le vice peuvent être quelquefois les seules qualités d'un homme d'Etat ; que les lois sont expliquées, interprétées et appliquées le mieux possible par des gens que l'intérêt et la rapacité portent à les dénaturer, à les embrouiller et à les éluder. La forme de votre gouvernement dans son origine a pu être supportable ; mais les abus l'ont rendue méconnaissable. Il ne me semble pas, d'après tout ce que vous m'avez dit, qu'une seule vertu soit requise pour parvenir à aucun rang ou à aucune charge parmi vous. Je vois que les hommes n'y sont point anoblis pour leur vertu, que les prêtres n'y sont point avancés pour leur piété ou leur science, les soldats pour leur conduite ou leur valeur, les juges pour leur intégrité, les sénateurs pour l'amour de leur patrie, ni les hommes d'Etat pour leur sagesse. Pour vous, continua le roi, qui avez passé la plus grande partie de votre vie dans les voyages, je veux croire que vous n'êtes pas infecté des vices de votre pays ; mais, par tout ce que vous m'avez raconté d'abord et par les réponses que je vous ai obligé de faire à mes objections, je juge que la plupart de vos compatriotes sont la plus pernicieuse vermine à qui la nature ait jamais permis de ramper sur la surface de la terre. »

CHAPITRE VII

Zèle de l'auteur pour l'honneur de sa patrie.
Il fait au roi une proposition avantageuse ; elle est rejetée.
Ignorance du roi en matière politique.
Les connaissances de ce peuple imparfaites et bornées. Leurs lois.
Leurs affaires militaires et leurs partis.

AMOUR de la vérité m'a seul empêché de déguiser l'entretien que j'eus alors avec Sa Majesté ; mais il eût été vain de montrer mon dépit, qui ne faisait jamais d'autre effet que d'exciter le rire ; et je fus obligé d'écouter patiemment cette diatribe contre ma chère patrie. Je serais cependant très affligé que l'on pensât que j'y eusse donné lieu : le fait est que ce prince était si curieux, ses questions si pressantes, que la reconnaissance, même la simple politesse, m'obligeait d'y répondre le mieux possible.

Je dois dire toutefois, pour ma justification, que j'éludais adroitement la plupart de ses questions, et que je donnais à chaque chose le tour le plus favorable que je pouvais. Je n'omettais rien pour cacher les infirmités et les difformités de ma patrie, et pour placer sa beauté et sa vertu sous le jour le plus avantageux, dans les différents entretiens que j'eus avec ce judicieux monarque, bien que mes efforts n'aient pas été heureux.

Mais il faut excuser un roi qui vit entièrement séparé du reste du monde, et qui, par conséquent, ignore les mœurs et les coutumes des autres nations. Ce défaut de connaissance sera toujours la cause de plusieurs préjugés, et d'une certaine manière de penser étroite, dont les pays plus policés de l'Europe sont exempts. Il serait ridicule que les idées de vertu et de vice d'un prince étranger et isolé fussent proposées comme des règles à suivre.

Pour confirmer ce que je viens de dire, et pour faire voir les effets malheureux d'une éducation bornée, je rapporterai ici une chose qu'on aura peut-être de la peine à croire. Désirant gagner les bonnes grâces de Sa Majesté, je lui donnai avis d'une découverte faite il y a trois à quatre cents ans, d'une certaine poudre noire qu'une seule petite étincelle pouvait allumer en un instant, de telle manière qu'elle était capable de faire sauter en l'air des montagnes, avec un bruit et un fracas plus grands que celui du tonnerre.

Je lui dis qu'une quantité de cette poudre étant mise dans un tube de bronze ou de fer, selon sa grosseur, poussait une balle de plomb ou un boulet de fer avec une si grande violence et tant de vitesse, que rien n'était capable de résister à sa force; que les boulets, ainsi poussés et chassés d'un tube de fonte par l'inflammation de cette petite poudre, rompaient, renversaient, culbu-

taient les bataillons et les escadrons, abattaient les plus fortes murailles, faisaient sauter les plus grosses tours, coulaient à fond les plus gros vaisseaux; que cette poudre, mise dans un globe de fer lancé avec une machine, brûlait et écrasait les maisons, et jetait de tous côtés des éclats qui foudroyaient tout ce qui se rencontrait; que je savais la composition de cette poudre merveilleuse, où il n'entrait que des choses communes et à bon marché; et que je pourrais apprendre à ses sujets, si Sa Majesté le voulait, la manière de construire ces tubes dans la dimension proportionnée à toutes les autres choses dans le royaume ; et que les plus grands ne devraient pas avoir plus de cent pieds. Vingt à trente de ces tubes chargés convenablement renverseraient, lui dis-je, les murailles de la plus forte ville de son royaume, si elle se soulevait jamais et osait lui résister, et détruiraient même la capitale en quelques heures, si elle prétendait se soustraire à son pouvoir absolu. Je lui offris humblement ce petit présent comme un léger tribut de ma reconnaissance.

Le roi fut saisi d'horreur à la description que je lui fis de ces terribles machines, et à la proposition dont je l'accompagnai. Il était confondu de voir un insecte impuissant et rampant (ce sont ses propres termes) parler avec tant de légèreté des scènes de sang et de désolation produites par ces inventions destructives. Il fallait, disait-il, que ce fût un mauvais génie, ennemi de Dieu et de ses ouvrages, qui en eût été l'auteur. Il protesta que, quoique rien ne lui fît plus de plaisir que les nouvelles découvertes, soit dans la nature, soit dans les arts, il aimerait mieux perdre sa couronne que de faire usage d'un si funeste secret, dont il me défendit, sous peine de la vie, de faire part à aucun de ses sujets.

Etrange effet des vues et des idées bornées d'un prince orné d'ailleurs de toutes les vertus qui peuvent gagner la vénération, l'amour et l'estime des peuples : ce prince sage, éclairé, plein de talents admirables et adoré dans son royaume, sottement gêné par un scrupule bizarre, dont nous n'avons jamais eu la pensée en Europe, laisse échapper l'occasion qu'on lui met entre les mains de se rendre le maître absolu de la vie, de la liberté et des biens de tous ses sujets.

Il renfermait la science du gouvernement dans des

bornes très étroites, la réduisant au sens commun, à la raison, à la facilité, à la prompte expédition des affaires civiles et criminelles, et à d'autres moyens également à la portée de tout le monde, et qui ne valent pas la peine qu'on en parle. Enfin il avança ce paradoxe étrange, que si quelqu'un pouvait faire croître deux épis ou deux brins d'herbe sur un morceau de terre où auparavant il n'y en avait qu'un, il mériterait mieux du genre humain, et rendrait un service plus essentiel à son pays que toute la race de nos sublimes politiques.

Les connaissances de ce peuple sont fort peu de chose, et consistent uniquement dans la morale, l'histoire, la poésie et les mathématiques; mais il faut avouer qu'ils excellent dans ces quatre genres. La dernière de ces connaissances n'est appliquée par eux qu'à des choses utiles, au perfectionnement de l'agriculture et des arts mécaniques; en sorte que, parmi nous, une science pareille serait peu estimée. Quant aux entités métaphysiques, aux abstractions et aux catégories, il me fut impossible de les leur faire concevoir.

Dans ce pays il n'est pas permis de rédiger une loi en plus de mots qu'il n'y a de lettres dans leur alphabet, lequel n'est composé que de vingt-deux lettres: il y a même très peu de lois qui aient cette étendue. Elles sont toutes exprimées dans les termes les plus clairs et les plus simples, et ces peuples ne sont pas assez ingénieux pour y trouver plusieurs sens; c'est d'ailleurs un crime capital que d'écrire un commentaire sur aucune loi.

Ils possèdent de temps immémorial l'art d'imprimer, aussi bien que les Chinois; mais leurs bibliothèques ne sont pas grandes: celle du roi, qui est la plus nombreuse, n'est composée que de mille volumes, rangés dans une galerie de douze cents pieds de longueur, où j'eus la liberté de lire tous les livres qu'il me plut.

Le menuisier de la reine avait fabriqué une sorte d'échelle double, haute de vingt-huit pieds, avec des marches de cinquante pieds de large. On plaçait cet escalier portatif à dix pieds de la muraille contre laquelle le livre était posé. Je montais sur la plus haute marche, et, me tournant vers le livre, je commençais par le haut de la page, et je marchais de droite à gauche sur le degré, selon la portée de la ligne, recommençant pour la ligne suivante jusqu'à ce que j'eusse atteint le niveau de mes yeux. Alors je descendais, et j'arrivais ainsi d'échelon en échelon au bas de la page ; ensuite je remontais pour lire l'autre de la même manière ; après quoi je tournais le feuillet, ce qui m'était facile en y mettant les deux mains, car le papier était ferme comme du carton, et les plus grands livres n'avaient que dix-huit à vingt pieds de long.

Leur style est clair, mâle et doux, mais nullement fleuri, parce qu'ils évitent soigneusement de multiplier les mots et de varier les expressions. Je parcourus plusieurs de leurs livres, surtout ceux qui concernaient l'histoire et la morale : entre autres, je lus avec plaisir un vieux petit traité qui était dans la chambre de Glumdalclitch. Ce livre était intitulé : *Traité de la faiblesse du genre humain,* et n'était estimé que des femmes et du vulgaire. Cependant je fus curieux de voir ce qu'un auteur de ce pays pouvait dire sur un pareil sujet.

Cet écrivain reproduisait les lieux communs de nos moralistes, montrant combien l'homme est peu en état de se mettre à couvert des injures de l'air ou de la fureur des bêtes sauvages ; combien il est surpassé par d'autres animaux, soit en force, soit en vitesse, soit en prévoyance, soit en industrie. Il ajoutait que la nature avait dégénéré dans ces derniers siècles, et qu'elle était sur son déclin, et ne produisait plus que des avortons en comparaison de ses œuvres des anciens temps…

De ces raisonnements l'auteur tirait des préceptes moraux applicables à la conduite de la vie, mais inutiles à répéter ici. Pour moi, je ne pouvais m'empêcher de faire des réflexions sur cette morale, et sur le penchant universel qu'ont les hommes à se plaindre de la nature, et à en exagérer les défauts. Je crois même qu'à examiner les choses mûrement, nos plaintes ne sont pas mieux fondées que celles de ces peuples.

A l'égard de leur force militaire, on dit que l'armée du roi est composée de cent soixante-seize mille hommes de pied, et de trente-deux mille hommes de cavalerie ; si néanmoins on peut donner ce nom à une armée qui n'est composée que de marchands et de laboureurs, dont les commandants ne sont que les pairs et la noblesse, lesquels ne reçoivent aucune paie ou récompense. Ils sont à la vérité assez bien exercés, et parfaitement disciplinés ; ce qui n'est pas étonnant, puisque chaque laboureur est commandé par son propre seigneur, et chaque bourgeois par les principaux de sa ville, élus au scrutin à la façon de Venise.

Je vis souvent la milice de Lorbrulgrud faire l'exercice dans une plaine près de la ville. Il n'y avait pas plus de vingt-deux mille fantassins et six mille cavaliers ; mais l'espace qu'ils couvraient ne me permettait pas d'évaluer leur nombre. Un cavalier monté avait la hauteur de quatre-vingt-dix pieds. Sur un commandement, la troupe en masse tirait le sabre, et cela présentait le spectacle le plus imposant : on eût dit que dix mille éclairs partaient à la fois de tous les points du ciel.

Je fus curieux de savoir pourquoi ce prince, dont les Etats sont inaccessibles, s'avisait de faire apprendre à son peuple la pratique de la discipline militaire ; mais j'en fus bientôt instruit, soit par les entretiens que j'eus sur ce sujet, soit par la lecture de leurs histoires ; car, pendant plusieurs siècles, ils ont été affligés de la mala-

die à laquelle tous les hommes sont sujets : la noblesse avait souvent combattu pour le pouvoir, le peuple pour la liberté, et le roi pour la domination arbitraire.

Ces choses, quoique sagement tempérées par les lois du royaume, avaient quelquefois été violées par l'un des trois partis, ce qui occasionnait des guerres civiles, dont la dernière fut heureusement terminée par l'aïeul du prince régnant. Ce prince fit un compromis par lequel chacun se trouva satisfait ; mais la milice, alors établie dans le royaume, d'un commun accord, a toujours subsisté depuis, et on la maintient sous la discipline la plus sévère.

CHAPITRE VIII

Le roi et la reine font un voyage vers la frontière, où l'auteur les suit. Détail de la manière dont il sort de ce pays pour retourner en Angleterre.

AVAIS toujours eu dans l'esprit que je recouvrerais un jour ma liberté, quoique je ne pusse deviner par quel moyen, ni former aucun projet avec la moindre apparence de réussir. Le vaisseau qui m'avait porté, et qui avait échoué sur ces côtes, était le premier bâtiment européen qu'on eût vu s'en approcher, et le roi avait donné des ordres très précis pour que, si jamais il arrivait qu'un autre parût en vue de ses Etats, il fût tiré à terre, mis avec tout l'équipage et les passagers sur un tombereau, et apporté à Lorbrulgrud.

Il aurait bien voulu me trouver une femme de ma taille, afin de voir mon espèce se multiplier; mais je crois que j'aurais mieux aimé mourir que de mettre au monde de malheureux enfants destinés à être tenus en

cage ainsi que des serins de Canarie, et ensuite vendus par tout le royaume aux gens de qualité comme de petits animaux curieux.

A dire vrai, on me traitait avec beaucoup de bonté: j'étais le favori du roi et de la reine, et les délices de toute la cour; mais c'était dans une condition qui ne convenait pas à la dignité de ma nature humaine.

Je ne pouvais d'ailleurs oublier ces précieux gages que j'avais laissés chez moi. Je souhaitais fort de me retrouver parmi des peuples avec lesquels je pusse m'entretenir d'égal à égal, et d'avoir la liberté de me promener par les rues et par les champs sans craindre d'être foulé aux pieds, d'être écrasé comme une grenouille, ou d'être le jouet d'un jeune chien.

Mais ma délivrance arriva plus tôt que je ne m'y attendais, et d'une manière très extraordinaire, ainsi que je vais le raconter fidèlement, avec toutes les circonstances de cet événement miraculeux.

Il y avait deux ans que j'étais dans ce pays. Au commencement de la troisième année, Glumdalclitch et moi nous étions à la suite du roi et de la reine, dans un voyage qu'ils faisaient vers la côte méridionale du royaume. J'étais porté à mon ordinaire dans la boîte, qui formait un cabinet très commode et large de douze pieds. On avait, par mon ordre, attaché un hamac avec des cordons de soie aux quatre coins du haut de la boîte, afin que je sentisse moins les secousses du cheval sur lequel un domestique me portait devant lui, quand je voulais aller à cheval; et souvent je dormais dans mon hamac pendant les voyages.

Quand nous fûmes arrivés au terme de notre route, le roi jugea à propos de passer quelques jours à une maison de plaisance qu'il avait près de Flanflasnic, ville située à six lieues de la mer. Glumdalclitch et moi nous étions bien fatigués: j'étais seulement un peu enrhumé; mais la pauvre fille se portait si mal, qu'elle était obligée de se tenir toujours dans sa chambre. Je mourais d'envie de revoir l'Océan; car, si je pouvais m'échapper, ce devait être par cette voie.

Je fis semblant d'être plus malade que je ne l'étais réellement, et je demandai la liberté de prendre l'air de la mer avec un page qui me plaisait beaucoup, et à qui j'avais été confié quelquefois. Je n'oublierai jamais avec quelle répugnance Glumdalclitch y consentit, ni l'ordre sévère qu'elle donna au page d'avoir soin de moi, ni les larmes qu'elle répandit, comme si elle eût eu quelque pressentiment de ce qui devait m'arriver.

Le page me porta donc dans ma boîte, et me mena à environ une demi-lieue du palais, vers les rochers, sur le bord de la mer. Je lui dis alors de me mettre à terre ; et, levant le châssis d'une de mes fenêtres, je me mis à regarder la mer d'un œil triste. Je dis ensuite au page que j'avais envie de dormir un peu dans mon hamac, et que cela me soulagerait. Le page ferma bien la fenêtre, de peur que je n'eusse froid ; je m'endormis bientôt.

Tout ce que je puis conjecturer, c'est que, pendant que je dormais, ce page, croyant qu'il n'y avait rien à appréhender, grimpa sur les rochers pour chercher des œufs d'oiseaux: je l'avais vu auparavant de ma fenêtre en chercher et en ramasser. Quoi qu'il en soit, je me trouvai soudainement éveillé par une secousse violente donnée à ma boîte, que je sentis tirée en haut, et ensuite portée en avant avec une vitesse prodigieuse. La pre-

mière secousse m'avait presque jeté hors de mon hamac; mais ensuite le mouvement fut assez doux. Je criais de toute ma force, mais inutilement. Je regardai à travers ma fenêtre, et je ne vis que des nuages.

J'entendais au-dessus de ma tête un bruit horrible, ressemblant à celui d'un battement d'ailes. Alors je commençai à voir le danger de ma situation, et à soupçonner qu'un aigle avait pris le cordon de ma boîte dans son bec, avec le dessein de la laisser tomber sur quelque rocher, comme une tortue dans son écaille, puis d'en tirer mon corps pour le dévorer; car la sagacité et l'odorat de cet oiseau le mettent en état de découvrir sa proie à une grande distance, fût-elle cachée encore mieux que je ne pouvais l'être sous des planches épaisses de deux pouces.

Au bout de quelque temps, je remarquai que le bruit et le battement d'ailes s'augmentaient beaucoup, et que ma boîte était agitée çà et là comme une enseigne de boutique par un grand vent; j'entendis plusieurs coups violents qu'on donnait à l'aigle (car il est certain que c'était un aigle qui tenait ma boîte); puis tout à coup je me sentis descendre perpendiculairement pendant plus d'une minute, mais avec une vitesse prodigieuse, qui me fit presque perdre la respiration. Ma chute se termina par une secousse terrible, qui retentit à mes oreilles plus haut que la cataracte de Niagara; je me trouvai ensuite dans les ténèbres pendant une autre minute, et enfin ma boîte commença à s'élever de manière que je pus voir le jour par le haut de ma fenêtre.

Je reconnus alors que j'étais tombé dans la mer. Ma boîte, à cause de mon poids, de celui de mes meubles, et des plaques de fer qui renforçaient les coins, enfonçait d'environ cinq pieds dans l'eau. Je crus, et je le crois encore, que l'aigle qui emportait ma boîte avait été poursuivi par deux ou trois autres aigles, et contraint de me laisser tomber pendant qu'il se défendait contre les autres, qui lui disputaient sa proie. Les plaques de fer du fond de la boîte, se trouvant les plus fortes, la tinrent en équilibre dans sa chute, et l'empêchèrent de se briser. Les jointures en étaient si bien faites, qu'il n'y pénétrait pas une grande quantité d'eau.

Oh! que je souhaitais alors d'être secouru par ma chère Glumdalclitch, dont cet accident subit m'avait tant éloigné! Je puis dire en vérité qu'au milieu de mes malheurs je plaignais et regrettais ma chère petite maîtresse; que je pensais au chagrin qu'elle aurait de ma perte, à la disgrâce de la reine qui en serait la suite, et à la ruine de la fortune de cette pauvre enfant.

Je suis sûr qu'il y a très peu de voyageurs qui se soient rencontrés dans une situation aussi triste que celle où je me trouvais alors, m'attendant à tout moment à voir ma boîte brisée, ou au moins renversée par le premier coup de vent, et submergée par les vagues; un carreau de vitre cassé, et c'était fait de moi. Rien n'avait pu jusque alors garantir ma fenêtre que des fils de fer assez forts dont elle était munie à l'extérieur contre les accidents qui peuvent arriver en voyageant.

Je vis l'eau entrer dans ma boîte par quelques petites fentes que je tâchai de boucher le mieux que je pus. Hélas! je n'avais pas la force de soulever le toit de ma boîte; autrement je me serais assis dessus, plutôt que de rester enfermé et comme relégué à fond de cale. Et si j'échappais à ces dangers pendant un jour ou deux, que pouvait-il m'arriver, sinon de mourir misérablement de froid et de faim? Je fus quatre heures en cet état, croyant que chaque moment allait être le dernier de ma vie.

J'ai déjà parlé de ces boucles de cuir qui servaient à porter ma boîte, et qui étaient placées du côté où il n'y avait pas de fenêtre. Pendant que j'étais dans cette déplorable situation, j'entendis ou je crus entendre une sorte de bruit du côté de ma boîte où les boucles étaient fixées, et bientôt après je commençai à soupçonner qu'elle était tirée, et en quelque façon remorquée, car de temps en temps je sentais comme un effort qui faisait monter les vagues jusqu'au haut de mes fenêtres, me laissant presque dans l'obscurité.

Je conçus alors quelque espérance de secours, quoique je ne pusse me figurer d'où il pourrait me venir. Je me hasardai à dévisser une de mes chaises, j'approchai ma tête d'une petite fente qui était au toit de ma boîte, puis je me mis à crier de toutes mes forces, et à demander du secours dans toutes les langues que je savais. Ensuite j'attachai mon mouchoir à un bâton que j'avais; et, le haussant à travers l'ouverture, je l'agitai plusieurs fois dans l'air, afin que si quelque barque ou vaisseau était à portée, les matelots pussent conjecturer qu'il y avait un malheureux mortel renfermé dans cette boîte.

Cette tentative ne fut pas immédiatement suivie de succès; toutefois je ne tardai pas beaucoup à reconnaître que ma boîte était tirée en avant, et au bout d'une heure je sentis qu'elle heurtait un corps très dur. Je craignis d'abord que ce ne fût un rocher, mais je me sentis ensuite ballotté plus que jamais. J'entendis alors distinctement sur le toit de ma boîte un bruit semblable à celui d'un câble, et quelque chose parut frotter contre l'anneau au-dessus de mon toit; peu à peu je me trouvai au moins trois pieds plus haut que je n'étais auparavant; je levai encore mon bâton et mon mouchoir, criant au secours jusqu'à m'enrouer.

Pour réponse, de grandes exclamations se répétèrent à trois reprises; elles me donnèrent des transports de joie qui ne peuvent être compris que par ceux qui les éprouvent. En même temps j'entendis marcher sur le toit, et quelqu'un appeler par l'ouverture et crier en anglais: « Y a-t-il quelqu'un? » Je répondis: « Hélas! oui; je suis un pauvre Anglais, réduit par la fortune à la plus grande calamité qu'aucune créature humaine ait jamais soufferte; au nom de Dieu! délivrez-moi de ce cachot. » La voix me répondit: « Rassurez-vous, vous n'avez rien à

craindre ; votre boîte est attachée au vaisseau, et le charpentier va venir pour faire un trou dans le toit et vous tirer dehors. » Je répondis que cela n'était pas nécessaire et demanderait trop de temps ; qu'il suffisait que quelqu'un de l'équipage mis son doigt dans le cordon, afin d'emporter la boîte hors de la mer sur le pont du vaisseau, puis dans la chambre du capitaine. Quelques-uns d'entre eux, m'entendant parler ainsi, pensèrent que j'étais un pauvre insensé ; d'autres en rirent : je ne pensais pas que j'étais alors parmi des hommes de ma taille et de ma force. Le charpentier vint, et en peu de minutes fit au haut de ma boîte un trou large de trois pieds, et me présenta une petite échelle sur laquelle je montai ; et là on me porta sur le vaisseau dans un état de faiblesse excessive.

Les matelots, fort étonnés, me firent mille questions auxquelles je n'eus pas la force de répondre. Je m'imaginais voir autant de pygmées, mes yeux étant accoutumés aux objets monstrueux que je venais de quitter; mais le capitaine, M. Thomas Wilcoks, brave et digne homme, originaire du Shropshire, remarquant que j'étais près de tomber en défaillance, me fit entrer dans sa chambre, me donna un cordial pour me soulager, et me fit coucher sur son lit, m'engageant à prendre un peu de repos, dont j'avais assez besoin.

Avant de m'endormir, je lui fis entendre que j'avais des meubles précieux dans ma boîte, un hamac superbe, un lit de campagne, deux chaises, une table et une armoire; que ma chambre était tapissée, ou, pour mieux dire, matelassée d'étoffes de soie et de coton; que s'il voulait ordonner à quelqu'un de son équipage d'apporter ma chambre dans sa cabine, je l'y ouvrirais en sa présence, et lui montrerais mes meubles. Le capitaine, en entendant ces absurdités, jugea, lui aussi, que j'étais fou: cependant, pour me complaire, il promit d'ordonner ce que je souhaitais; et, montant sur le tillac, il envoya quelques-uns de ses gens visiter la caisse, de laquelle (comme je l'appris ensuite) on tira tous mes effets. Ils enlevèrent mes matelas des parois; mais les meubles vissés furent gâtés par l'ignorance de ces matelots, qui voulurent les arracher de force.

Ils prirent aussi quelques planches pour l'usage de leur bâtiment; et lorsqu'ils eurent ôté tout ce qui leur sembla bon à quelque chose, ils jetèrent la carcasse de la boîte à la mer, où elle enfonça bientôt, grâce aux brèches qu'on y avait faites de tous côtés. Je fus heureux de n'être pas témoin du ravage qu'ils firent dans ma maison ; j'en aurais été vivement touché, et cette circonstance m'eût rappelé des choses qu'il valait mieux oublier.

Je dormis pendant quelques heures, mais continuellement troublé par la pensée du pays que j'avais quitté et du péril que j'avais couru. Cependant, quand je m'éveillai, je me trouvai assez bien remis. Il était huit heures du soir, et le capitaine donna l'ordre de me servir à souper sur-le-champ, croyant que j'avais jeûné trop longtemps. Il me régala avec beaucoup d'honnêteté, et il observa que mes yeux n'avaient rien d'égaré, ni mes discours rien d'incohérent.

Quand on nous eut laissés seuls, il me pria de lui faire le récit de mes voyages, et de lui apprendre par quel accident j'avais été abandonné au gré des flots dans cette grande caisse. Il me dit que sur le midi, comme il regardait avec sa lunette, il l'avait découverte de fort loin, l'avait prise pour une petite barque, et qu'il avait voulu la joindre, dans la vue d'acheter du biscuit, le sien commençant à manquer ; qu'en approchant il avait reconnu son erreur, et avait envoyé sa chaloupe pour découvrir ce que c'était ; que ses gens étaient revenus tout effrayés, jurant qu'ils avaient vu une maison flottante ; qu'il avait ri de leur sottise, et s'était lui-même mis dans la chaloupe, ordonnant à ses matelots de prendre avec eux un câble très fort ; que le temps étant calme, après avoir ramé autour de la grande caisse, et en avoir fait le tour plusieurs fois, il avait observé mes fenêtres et les grilles qui les fermaient ; qu'il avait remarqué aussi deux grandes boucles du côté où il n'y avait point d'ouverture, et qu'il avait ordonné à ses gens de s'approcher de la boîte et de passer un câble dans ces boucles, afin de l'amener vers le vaisseau. Quand cela eut été fait, il commanda qu'on fît passer un autre câble dans l'anneau fixé au-dessus de mon toit; mais tout l'équipage, à l'aide de poulies, ne put élever le coffre à plus de trois pieds.

Il me dit qu'ils avaient vu mon bâton et mon mouchoir, et qu'ils en avaient conclu que quelque infortuné était renfermé dans cette machine. Je lui demandai si lui ou son équipage n'avait point vu dans l'air des oiseaux monstrueux au moment où il m'avait découvert; à quoi il répondit que, parlant sur ce sujet avec les matelots pendant que je dormais, un d'entre eux lui avait dit qu'il avait observé trois aigles volant vers le nord; mais il n'avait point remarqué qu'ils fussent plus gros qu'à l'ordinaire; ce qu'il faut attribuer, je crois, à la grande hauteur où ils se trouvaient: aussi ne put-il pas deviner pourquoi je faisais cette question. Ensuite je demandai au capitaine de combien il croyait que nous fussions éloignés de la terre. Il me répondit que, par le meilleur calcul qu'il eût pu faire, nous en étions éloignés de cent lieues. Je l'assurai qu'il s'était certainement trompé presque de la moitié, parce que je n'avais pas quitté le pays d'où je venais de plus de deux heures avant que je tombasse dans la mer: sur quoi il recommença à croire que mon cerveau était troublé, et me conseilla de me remettre au lit dans une chambre qu'il avait fait préparer pour moi. Je l'assurai que je me sentais parfaitement remis par son bon repas et sa gracieuse compagnie, et que j'avais l'usage de mes sens et de ma raison aussi complètement que je l'avais jamais eu.

Je le priai d'avoir la patience de m'entendre faire le

récit de mon histoire: je le fis très fidèlement, à partir de la dernière fois que j'avais quitté l'Angleterre jusqu'au moment où il m'avait découvert; et, comme la vérité s'ouvre toujours un passage dans les esprits raisonnables, cet honnête homme, qui avait beaucoup de bon sens et n'était pas tout à fait dépourvu d'instruction, fut convaincu de ma candeur et de ma sincérité.

Mais, pour confirmer tout ce que j'avais dit, je le priai de donner ordre de m'apporter mon armoire, dont j'avais la clef; je l'ouvris en sa présence, et lui fis voir toutes les choses curieuses recueillies dans le pays d'où j'avais été tiré d'une manière si étrange. Il y avait, entre autres choses, le peigne que j'avais formé des poils de la barbe du roi, et un autre de la même matière, dont le dos était d'une rognure de l'ongle du pouce de Sa Majesté ; il y avait un paquet d'aiguilles et d'épingles longues d'un pied et demi ; une bague d'or dont un jour la reine me fit présent d'une manière très obligeante, l'ôtant de son petit doigt et me la mettant au cou comme un collier. Je priai le capitaine de vouloir bien accepter cette bague en reconnaissance de ses honnêtetés, ce qu'il refusa absolument. Je lui montrai un cor que j'avais extirpé moi-même de l'orteil de l'une des filles d'honneur, et qui était de la grosseur d'une citrouille. Il devint si dur, qu'à mon arrivée en Angleterre, je le fis tailler en forme de coupe et monter en argent. Enfin je le priai de considérer la culotte que je portais alors, qui était faite de peau de souris.

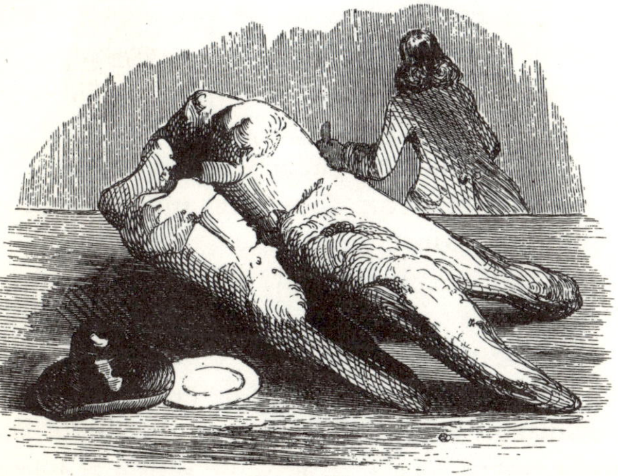

Je ne pus lui faire accepter que la dent d'un laquais. Il l'avait examinée très curieusement, et il me sembla qu'il en avait envie ; il m'en remercia plus que cette bagatelle ne le méritait. Elle avait été arrachée par la méprise d'un mauvais dentiste, et elle était parfaitement saine ; je l'avais fait nettoyer et ranger dans mon cabinet. Cette dent avait un pied de long et quatre pouces de diamètre.

Le capitaine fut très satisfait de tout ce que je lui racontai, et me dit qu'il espérait qu'après notre retour en Angleterre, je voudrais bien en écrire la relation et la donner au public. Je répondis que je croyais que nous avions déjà trop de livres de voyages: que maintenant un ouvrage ne pouvait réussir, s'il ne contenait pas quelque chose d'extraordinaire, ce qui me faisait douter de la véracité des auteurs, que la vanité et l'intérêt devaient tenter bien souvent de s'éloigner du vrai pour divertir les lecteurs ignorants. Mon histoire, lui disais-je, ne renfermerait que des événements vulgaires, et serait dépourvue de ces descriptions de plantes et d'animaux singuliers, de mœurs barbares, de cérémonies idolâtres observées parmi des peuples sauvages, et dont la plupart des écrivains ornent leurs relations. Cependant je le remerciai de l'opinion avantageuse qu'il avait de moi, et lui promis de réfléchir à ce qu'il me conseillait.

Il me parut étonné d'une chose, ce fut de m'entendre parler si haut, et me demanda si le roi et la reine de ce pays étaient sourds. Je lui dis que j'étais accoutumé à crier ainsi depuis plus de deux ans; que de mon côté j'avais été frappé de sa voix et de celle de ses gens, qui me semblaient toujours me parler tout bas à l'oreille, mais que, malgré cela, je les entendais assez bien; que quand je conversais dans ce pays, j'étais comme un homme adressant de la rue la parole à un autre qui est monté au haut d'un clocher, excepté quand j'étais mis sur une table ou tenu dans la main de quelque personne.

Je lui dis que j'avais aussi remarqué une autre chose,

c'est que lorsque j'arrivai sur son bord, les matelots qui se tenaient debout autour de moi me paraissaient les créatures les plus chétives que j'eusse jamais vues ; et qu'en effet, pendant mon séjour dans le pays d'où je sortais, je ne pouvais plus me regarder dans un miroir, parce que mes yeux étant accoutumés à de grands objets, la comparaison que je faisais d'eux à moi me rendait méprisable à moi-même.

Le capitaine me dit que, pendant que nous soupions, il avait aussi remarqué que je regardais toutes choses avec une espèce d'étonnement, et que je lui semblais quelque-

fois avoir de la peine à m'empêcher d'éclater de rire ; qu'il ne savait pas bien alors comment il devait prendre cela, mais qu'il l'attribua à quelque dérangement dans mon cerveau. Je répondis que j'étais étonné moi-même d'avoir pu me contenir en voyant ses plats de la grosseur d'une pièce d'argent de trois sous, une éclanche de mouton qui était à peine une bouchée, un gobelet moins grand qu'une coquille de noix, et je continuai ainsi la description du reste de ses meubles et de ses viandes en les comparant avec les choses de même genre que j'avais coutume de voir; car, bien que la reine m'eût donné pour mon usage tout ce qui m'était nécessaire dans une dimension proportionnée à ma taille, cependant, préoccupé de ce que je voyais autour de moi, je faisais comme tous les hommes qui considèrent sans cesse les autres sans se considérer eux-mêmes, et j'oubliais ma petitesse tout en remarquant celle d'autrui.

Le capitaine entendit fort bien raillerie, et repartit gaiement par le vieux proverbe anglais; il me dit que mes yeux étaient sans doute plus grands que mon ventre, puisqu'il n'avait pas remarqué que j'eusse un grand appétit, quoique j'eusse jeûné toute la journée; et, continuant de badiner, il ajouta qu'il aurait donné volontiers cent livres sterling pour avoir le plaisir de voir ma caisse dans le bec de l'aigle, et ensuite tomber d'une si grande hauteur dans la mer; ce qui certainement aurait été une chose prodigieuse et digne d'être transmise aux siècles futurs.

Le capitaine, revenant de Tonquin, faisait route vers l'Angleterre, et avait été poussé vers le nord-est, à quarante degrés de latitude, et à cent quarante-trois de longitude; mais un vent de saison s'élevant deux jours après que je fus à son bord, nous fûmes jetés au nord pendant un long temps; et côtoyant la Nouvelle-Hollande, nous fîmes route vers l'ouest-nord-ouest, et depuis au sud-sud-ouest, jusqu'à ce que nous eûmes doublé le cap de Bonne-Espérance.

Notre voyage fut très heureux, mais j'en épargnerai

au lecteur les détails ennuyeux. Le capitaine mouilla dans un ou deux ports, et y envoya sa chaloupe pour chercher des vivres et faire de l'eau; pour moi, je ne sortis point du vaisseau que nous ne fussions arrivés aux Dunes. Ce fut, je crois, le 3 juin 1706, environ neuf mois après ma délivrance. J'offris de laisser mes meubles pour la sûreté du paiement de mon passage; mais le capitaine protesta qu'il ne voulait rien recevoir. Nous nous dîmes adieu très affectueusement, et je lui fis promettre de venir me voir à Redriff. Je louai un cheval et un guide pour un écu que me prêta le capitaine.

Pendant le cours de ce voyage, remarquant la petitesse des maisons, des arbres, du bétail et du peuple, je me croyais encore à Lilliput; j'avais peur d'écraser les voyageurs que je rencontrais, et souvent je leur criais gare; mais je courus risque une ou deux fois d'avoir la tête cassée pour mon impertinence.

Quand je me rendis à ma maison, dont je fus obligé de demander le chemin, un de mes domestiques ouvrant ma porte, je me baissai pour entrer (comme une oie qui passe sous un portail), de crainte de me blesser la tête. Ma femme accourut pour m'embrasser; je me courbai plus bas que ses genoux, songeant qu'elle ne pourrait autrement atteindre ma bouche. Ma fille s'inclina pour me demander ma bénédiction; mais je ne pus la distinguer que lorsqu'elle fut levée, ayant été depuis si long-

temps accoutumé à me tenir debout, et les yeux dirigés à la hauteur de soixante pieds; alors même je fus tenté de la relever en la prenant d'une main par la ceinture. Je regardai tous mes domestiques, et un ou deux amis qui se trouvèrent alors dans la maison, comme s'ils avaient été des pygmées et moi un géant.

Je dis à ma femme qu'elle avait été trop frugale, car je trouvais qu'elle et sa fille étaient réduites presque à rien. En un mot, je me conduisis d'une manière si étrange, qu'ils pensèrent tous, comme le capitaine l'avait pensé à mon premier abord, que j'avais perdu l'esprit. Je mentionne ces minuties pour faire connaître toute la puissance de l'habitude et du préjugé.

En peu de temps je m'accoutumai à ma femme, à ma famille et à mes amis. Ma femme protesta que je n'irais jamais sur mer; mais mon mauvais destin en ordonna autrement, et elle n'eut pas le pouvoir de me retenir, comme le lecteur pourra le voir dans la suite. Cependant c'est ici que s'arrête la seconde partie de mes malheureux voyages.

Table

Les classiques abrégés
de l'école des loisirs

Walter Scott
Ivanhoé
Le roman qui a créé notre moyen âge,
celui des chevaliers, du goût de l'indépendance
et du risque.

Daniel Defoë
Robinson Crusoë
Un homme abandonné sur une île sauvage.
La lutte pour la vie à l'état pur.

Jonathan Swift
Gulliver, voyage à Lilliput
Le voyage de Gulliver dans un monde hors proportions,
ici au pays du tout petit.

Jules Verne
Vingt mille lieues sous les mers
Le grand livre de l'imagination,
prédisant le monde qui nous entoure.

Edmond About
L'homme à l'oreille cassée
C'est un vieux rêve,
conserver un homme en le desséchant...

Edmond About
Le roi des montagnes
Un roman d'amour aussi bien
qu'un roman d'aventures

Les classiques abrégés
de l'école des loisirs

Théophile Gautier
Le roman de la momie
Les amours de Tahoser,
égyptienne de l'époque de Moïse

Johann-Wolfgang Gœthe
Goupil le renard
Le roman de renard raconté par le grand
poète allemand Gœthe.

Walter Scott
Quentin Durward
Le roi Louis XI recueille une riche héritière de Bourgogne,
Isabelle de Croye qui a fui la cour de Charles le Téméraire
pour éviter un mariage.
Louis XI veut livrer Isabelle à son allié La Marck,
le féroce sanglier des Ardennes.

Mark Twain
A la dure
Un reportage passionnant...
un western rocambolesque.

Prosper Mérimée
Chronique du règne de Charles IX
Malgré la fin tragique de ce roman historique,
Mérimée fait ressortir que l'amour peut sauver,
alors que les fanatismes déchirent
et détruisent.

Gabriel Ferry
Le coureur des bois 1
Le coureur des bois 2
Les aventures d'un chasseur de pelleteries
dans les forêts et prairies mexicaines,
et la suite des aventures dans le Val d'or
contre L'Oiseau-Noir, chef d'une tribu
des Apaches.

Les classiques abrégés
de l'école des loisirs

Victor Hugo
Quatre-vingt-treize
La guerre fratricide de la Vendée contre Paris
fournit la toile de fond. La tempête déchaînée
par les hommes balaie tout. Mais les hommes restent
fidèles à eux-mêmes.

James Fenimore Cooper
Le corsaire rouge
Illustré par Bertall
Les pirates des temps légendaires
de la flibuste se trouvent immortalisés
dans la figure du corsaire rouge.

Jules Verne
Voyage au centre de la terre
Illustrations de Edouard Riou
Le professeur Lidenbrock, son neveu et
le fidèle Hans s'engouffrent dans un volcan islandais,
début d'une descente aux entrailles
de notre terre.

Cervantes
Don Quichotte
Illustré par Tony Johannot

Alexandre Dumas
Les trois mousquetaires
Illustré par J.-A. Beaucé

Nouvelles et romans
l'école des loisirs

Italo Calvino
Marcovaldo
ou les saisons en ville

Hila Colman
Journal d'une sœur cadette
Je ne suis plus une enfant

Alphonse Daudet
Tartarin de Tarascon
Illustrations de George Grosz

Nathaniel Hawthorne
Le Minotaure
La toison d'or
Illustrations de Régis Loisel

Guy de Maupassant
Neuf contes et nouvelles
Histoires douces amères
Histoires fantastiques
Illustrations de Philippe Dumas

Léon Tolstoï
Contes et histoires vraies de Russie
Illustrations de Michel Gay

N° d'Éditeur : 6518
N° d'Imprimeur : 30498